www.tredition.de

AF217662

Emma H.

***

Ausbruch in Schattenwelten

Wahrnehmung und Integration meiner (und unserer) Schattenthemen

www.tredition.de

© 2019 Emma H.

Verlag und Druck: tredition GmbH, Halenreie 40-44, 22359 Hamburg

ISBN
Paperback: 978-3-7497-3124-4
Hardcover: 978-3-7497-3125-1
e-Book: 978-3-7497-3126-8

Vorwort

Jede Lebensgeschichte ist so wunderbar einzigartig. Wir fühlen und denken in unserem Dasein so differenziert, weshalb jede Autobiografie lesenswert sein sollte. Warum möchte ich mich dieser Herausforderung stellen? Ich habe einen riesengroßen Respekt davor und fürchte mich, Erlebtem wieder zu begegnen, Erlebtes wieder zu sehen, zu hören, zu riechen und vor allem zu fühlen. Mache ich dies für mich selbst, für andere oder wünsche ich mir unsterblich in ein paar geschriebenen Zeilen weiterzuleben? Auf diese Frage erhielt ich vor einigen Monaten eine Antwort:

„ ...Ich rufe zu dir da draußen - du schaust weg,

ich bin lediglich dein blinder Fleck... "

Diese Worte sprudelten aus mir heraus, kurz nachdem ich einen dissoziativen Krampfanfall erlebte. Unter anderem offenbarten mir diese Zeilen, dass ich für meine Geschichte Zuhörer suche.

Der Impuls endlich mit dem Schreiben anzufangen, durchflutete mich während einer mehrstündigen Tattoo-Sitzung. Unheimlich viele Gedanken, Erinnerungen, Gefühle und Bilder aus meinem abgetrennten früheren Ich drängten sich nun schon seit einem halben Jahr aufdringlich in mein Bewusstsein. Dieses richtete ein unüberschaubares Chaos in meinem Kopf an, wie ein Riesenwollknäuel ohne Anfang und Ende. Was will dieser altbekannte Feind von mir? Ein Jahrzehnt ließ mich dieses hässliche Etwas in Ruhe, sodass ich mein Leben in geordnete Bahnen lenken konnte. Ein mehrfach verriegeltes Buch mit verdrängten Inhalten wurde gewaltsam geöffnet. Dieses hässliche Ding trat von innen fest gegen den verschlossenen braunen Lederkoffer, da es endlich gesehen und gehört werden wollte. Es kämpfte so sehr um meine Aufmerksamkeit, dass ich die Kontrolle über mein gut geregeltes Leben verlor. Der Kampf gegen die Person in dem verschlossenen Koffer entzog mir jegliche Kraft und Lebensenergie. Ich fühlte mich völlig alltagsuntauglich bzw. war kaum noch in der Lage meine Rollen und Alltagsaufgaben als Mutter, Kollegin, Ehefrau und Freundin wahrzunehmen. Ich isolierte mich immer mehr, da ich dachte, die anderen könnten dieses Hässliche in mir erkennen. Ende letzten Jahres zog ich die Reißleine und ab da begann der so wertvolle aber auch extrem schmerzhafte und ungewisse Prozess. Ich ließ die Person aus dem braunen Lederkoffer hinaus und fing an ihr zuzuhören.

Die Erzählung ist nicht chronologisch strukturiert. Ich beschreibe Beziehungen zu Personen, Personengruppen, Substanzen und Orten, die ich zwischen meinem 17. und 19. Lebensjahr er- bzw. überlebte. Personen und Institutionen wurden pseudonymisiert. Der Ort der Handlung befindet sich südwestlich in Deutschland.

Es ist ein Geschenk, dass ich heute ein fast normales Leben führe.

Auf geht's. Gut festhalten.

Entführt

Abel, dies sollen die letzten Zeilen sein, die ich deiner Existenz widme.

Ich würde dich am liebsten finden und dir sagen... Du hast es eigentlich verdient ignoriert zu werden. In meinen Fantasien lasse ich dich in einen Kofferraum sperren. Du wirst gequält, gefoltert und 100.000 Mal bis zur Unkenntlichkeit vergewaltigt. Wo bist du? Lebst du überhaupt noch?

Du hattest meine hilfesuchende verlorene Seele eingefangen und ausgebeutet. Ich war in einer existenziellen Notlage und du zieltest darauf ab, dies für deine persönliche Bereicherung schamlos auszunutzen.

Als ich dich das erste Mal traf, war ich ca. Mitte 16. Lilith und ich warteten auf Pontius am Bahnhof. Er wollte Bobel mitbringen und wir gierten schon sehr danach.

Pontius interessierte mich nie besonders. Ich lernte ihn damals über Delilahs Bekanntschaften kennen. Sie pflegte ein paar Kontakte zu älteren, glatzköpfigen Zeitgenossen. Und Pontius war mittendrin. Eine große, schlaksige und ungepflegte Erscheinung. Er lud mich ständig zum Essen ein und teilte mit mir sein Gras. Dies fand ich wirklich sehr plump, da er noch bei seiner Freundin mit der gemeinsamen kleinen Tochter wohnte. Ich fuhr fast täglich nach der Schule zu Pontius. Mit der Bahn brauchte ich eine gute Stunde zu seiner Drogenhöhle. Bei ihm zu Hause konsumierten wir alles Mögliche. Ich dachte jedes Mal, ich sei im falschen Film, da die bedürftige Tochter mittendrin war und oft als störend beschimpft wurde. Hin und wieder verschwand ich heimlich in ihrem Zimmer, um ihr Aufmerksamkeit zu schenken. Die Mutter trug kaum noch Zähne im Mund. Einmal bunkerte sie gierig Koks. Ich wollte unbedingt mal eine Nase probieren. Da wurde sie so biestig wie ein Vollzeitjunkie. Das erste Mal XTC hatte ich auch dort geschmissen. Ich dachte wirklich meine Adern würden jeden Moment platzen. Sehr unangenehm war, dass meine Schwester Ruth die gebunkerten Pillen in meiner Schublade zu Hause entdeckte und entwendete. Sie tischte mir folglich noch eine unglaubwürdige Moralpredigt auf. Aber ganz ehrlich. Diese Pillen hätte ich nur noch mit suizidalen Absichten eingenommen. Pontius fragte mich irgendwann, ob wir nicht mal am Bahnhof essen gehen wollen. Er sei da geschäftlich unterwegs. Ich dachte mir nichts dabei und wartete dort eine nicht enden wollende ganze Stunde. Gefühle von starker Unsicherheit und Einsamkeit überkamen mich inmitten der eilenden Menschenmassen. Als Pontius völlig gehetzt auftauchte, fiel endlich die extreme Anspannung von meinen Schultern ab. Nach dem Essen, zu dem er mich wieder einlud, tingelten wir durch eine riesige Einkaufsmeile. Völlig unerwartet beichtete er mir, dass er heroinabhängig sei. Es hätte ihm jemand heimlich Shore in seinen Joint gepackt. Seitdem sei er nie mehr davon losgekommen. Er tat mir irgendwie leid. So trafen wir uns nun sehr oft am Bahnhof.

Bei unserer ersten Begegnung war ich sehr beeindruckt von dir, Abel. Du wirktest viel klüger und lebendiger als Pontius. Später erfuhr ich von ein paar Bahnhofs-Zeitgenossen, dass ihr uns beide zu diesem Zeitpunkt schon strategisch aufgeteilt hattet. Pontius zu mir und du zu Lilith.

Du und Lilith wurdet schnell ein Paar. Dies war schwer für mich zu ertragen, da ich mir überflüssig vorkam. Pontius hatte ich bereits abgeschossen, da du mir erzähltest, dass er mich auf den Strich schicken wollte. Deswegen hätte Pontius mir wohl den ersten Kopf Shore angedreht. Anfixen nannte man das bei euch. Ich kann mich noch gut an deinen besorgten Blick erinnern, als ich dich das erste Mal auf Shore anschaute. Es würde wohl nie beim ersten Mal bleiben und diesen Fehler würde ich mein Leben lang bereuen. Das waren deine Worte.

Ich wurde unheimlich eifersüchtig auf Lilith, da ich nun das dritte Rad am Wagen war. Du gabst dir, im Gegensatz zu Lilith, immer Mühe, dass ich mir nicht überflüssig vorkam. Einmal übernachteten wir bei einer Hausparty voll mit unbekannten und unheimlichen Leuten. Eine gruselige Gestalt betatschte mich permanent und du klopptest ihm dann so richtig auf die Finger. Ich war ganz angetan von dieser Beschützer- Geste. In dieser Nacht schliefen wir dort zu dritt in einem Bett. Du warst eng an Lilith gekuschelt. Ich wünschte mir in diesem Moment so sehr dir nahe zu sein.

Einmal trafen wir Judas im Bus. Du wusstest von dem Missbrauch im Wald und fragtest mich, ob er der Übeltäter gewesen sei. Ich konnte nicht antworten und erstarrte am ganzen Körper. Das war für dich mehr als eine klare Antwort. Du konfrontiertest Judas mit den Missbrauchsvorwürfen und hattest ihn folglich mit einer vollen Flasche beworfen. Der Bus machte daraufhin eine Vollbremsung und Judas rannte so schnell er konnte hinaus. Ich merkte, dass ich immer stärkere Gefühle für dich entwickelte. Daher hielt ich es mit euch zusammen nicht mehr aus. Ich zog mich von euch zurück. Nun war ich wieder alleine in meiner vergifteten Welt.

Anfang Februar, einen Monat nach meinem 17. Geburtstag, wies mich meine Mutter in die geschlossene Station der Kinder- und Jugendpsychiatrie ein, da ich suizidale Absichten äußerte. Du und Lilith hattet beschlossen mich in diesem Gefängnis zu besuchen. Aber lieber wäre ich mit dir alleine gewesen. Einmal kam es glücklicherweise auch dazu, da Lilith wegen Regelschmerzen nicht mitwollte. Ich war mit dir zusammen im Ausgang und wir hatten so viel Spaß. Auf mich wirktest du immer ungebunden und frei. Mir war dann auch egal, dass ich wegen des Amphetamins und des Grases wieder Ausgangssperre bekam. Mit dir war alles aufregend und neu. Ich fühlte mich einfach sicher bei dir.

Als ich mit Esther von der geschlossenen Psychiatrie einen "Ausflug" machte, hattet ihr beide uns geholfen und uns eine Anlaufstelle für Straßenkinder (nachfolgend

„Basics" genannt) gezeigt, wo wir Kleidung und Nahrung mitnehmen konnten. Du bliebst bei uns in den Nächten und sorgtest für uns, dass wir mit dir bei jemandem übernachten konnten. Mit wildfremden Leuten gingst du charmant und selbstbewusst in Kontakt und die gaben meist, was du ihnen aus dem Kreuz leiern wolltest. Dir war nie etwas peinlich. Ideen, die dir im Kopf rumschwirrten, setztes du immer gleich in die Tat um. Sogar meine Mama hattest du soweit, dass sie sich von deinem charismatischen Auftreten blenden ließ. Außer meine Schwester Ruth. Sie misstraute dir schon immer. Abel, du sorgtest dafür, dass wir während unseres "Ausfluges" immer was zu kiffen hatten und nachts nicht frieren mussten. Ein Beschützer für mich und Esther. Ich nahm dich seitdem als einen erfahrenen Überlebenskünstler wahr. Nach drei Tagen in der Freiheit waren wir jedoch sehr müde und der abfallende Spiegel der Psychopharmaka machte uns zu schaffen. Wir saßen schließlich nachts an der Bushaltestelle in der Nähe der geschlossenen Psychiatrie. Ich machte es mir auf deinem Schoß gemütlich. Endlich war ich dir auch körperlich nah. Du sagtest, wir müssten dort wieder hinein. Da führe kein Weg dran vorbei. Sonst wären wir immer auf der Flucht vor der Polizei. Und dann noch der abfallende Spiegel unserer Psychopharmaka. Das könne voll nach hinten losgehen. Sie würden uns früher oder später sowieso aufgabeln. Du bläutest uns anscheinend Vernunft ein. Selbst seist du zweimal in der geschlossenen Psychiatrie gewesen, wurdest fixiert und auf sedierende Psychopharmaka gesetzt. Wir fühlten uns von dir verstanden und vertrauten dir.

Nach 10 endlos langen und meist grauenvollen Wochen in der Psychiatrie wurde ich entlassen. Ich fiel sofort in ein endlos tiefes Loch und du warst wieder für mich da. Dir war es wichtig, dass ich das mit der Schule auf die Reihe bekam. Du wusstest von meiner Kotzerei und drängtest mich nicht damit aufzuhören, aber schienst deswegen immer sehr besorgt.

Wir saßen schließlich zusammen auf einem Bootssteg an einem großen See und aßen Eis. Es war ein warmer, sonniger Frühlingstag Ende April. Die Sonne glitzerte auf dem Wasser und plötzlich merkte ich, dass ich mich über beide Ohren in dich verliebte. In meinen Lebensretter, der mich aus der religiösen Gifthöhle rausholen wollte. Noch ein Jahr zuvor, als ich dich mit Mitte 16 kennenlernte, meintest du, dass das christliche Zeug alles richtig gewesen sei und versuchtest sogar einige wildfremde Leute auf der Straße zu bekehren. Mit diesen Aktionen imponiertest du mir zu dieser Zeit sehr. Kurz vor meinem Psychiatrie-Aufenthalt fing ich an, mein komplettes Glaubenssystem und Weltbild anzuzweifeln. Ich wollte nie wieder eine Beziehung mit diesem Weltbild eingehen. Diese radikale Entscheidung hattest du auffällig unterstützt. Du redetest mir paradoxerweise ein, dass nun alles Brainwashing und Sektenkrams sei. Hattest du nicht noch vor ein paar Monaten versucht wildfremde Leute zu bekehren? Aber egal. Ich war froh, dass du für mich da warst, als ich mich von diesem Weltbild löste. Wir küssten uns das erste Mal an diesem wunderschönen See. Bisher hatte ich das Küssen nie als etwas Schönes wahrgenommen. In diesem Augenblick warst du mir so nah und ich vertraute dir bedingungslos. Wir küssten uns sehr innig den gesamten Abend lang. Meine tiefsten Sehnsüchte nach Nähe und Geborgenheit gingen nun in Erfüllung. Aber du warst ja noch mit Lilith zusammen. Deine Blicke galten angeblich wohl schon immer mir. Mit der Beichte brach die Beziehung zu Lilith auseinander.

Nun war ich mit dir alleine auf der Welt. Du hattest mir eingeredet, dass meine Mutter wirklich sehr verwirrt sei und ich von zu Hause raus müsste. Ich packte meine sieben Sachen und zog mit dir Anfang Mai auf die Straße. Weg von Familie und von alledem, was mich so vergiftet hatte. Unser bzw. mein erstes Mal versuchten wir auf einem weitläufigen dicht bepflanzten Friedhof. Es funktionierte nicht, da wörtlich gesehen nix rein ging. Bei unserem "erfolgreichen" ersten Mal waren wir bekifft und du hattest mir vorher ein Rap-Song gedichtet. Es war wunderschön. Wir vereinigten uns in dieser Nacht in allen möglichen Positionen. Ich konnte mich total fallen lassen und fühlte mich frei, angenommen und geliebt. Aber vor allem beschützt und sicher. Ich schämte mich bei dir nicht für meine sexuellen Sehnsüchte, da ich dir alles über mich erzählen konnte. Du warst für mich ein Frauenversteher und ein Überlebenskünstler schlechthin.

Wir rauchten Shore (Heroin) zusammen und das gemeinsame Glück intensivierte sich. Nach einer Woche täglichen Shore-Konsums waren wir drauf. Ich bekam Angst, da ich mit solch heftigen körperlichen und psychischen Reaktionen nicht rechnete. Wir benötigten anfangs 80 Euro täglich, um uns beide mit Shore zu versorgen. Eine Zeit lang hattest du schwarz bei einem Handwerksbetrieb gearbeitet. Meine Geldkarte belastete ich mit Schulden, da wir Stangen Zigaretten vom Discounter besorgten. Diese verscheuerten wir beim An- und Verkauf, um an Bargeld zu kommen. Ich beklaute meine Eltern, da ich noch einen Schlüssel für zu Hause besaß. Alles was man zu Geld machen konnte, nahm ich mit, solange ich dies tragen konnte. Auf der riesigen Einkaufsmeile in der Nähe vom Bahnhof fragten wir diverse Leute nach Telefongeld und saßen zum Schnurren meist vor einer Bank. Einmal sprachen mich dort ehemalige Mitschüler an. Sie waren sehr schockiert und fragten mich, ob ich was bräuchte. Sogar meine Schwester mit Schwager und Neffen liefen an mir vorbei. Nur mein Schwager entdeckte mich, kam kurz zu mir, umarmte mich und ging weiter. Ich war zutiefst beschämt und am Boden zerstört. Irgendwann gewöhnte ich mich jedoch an die besorgten oder ablehnenden Gesichter.

Du kanntest die Szene im Sperrbezirk in- und auswendig und zeigtest mir dort alle Bars und Kneipen. Viele kannten und grüßten dich. Öfters warst du in einem „reichen" Hauseingang im Sperrbezirk verschwunden und kamst mit einem Hunderter wieder raus. Es gab da wohl einen wohlhabenden Menschen, der Stricher beherbergte und sie mit Koks versorgte. Dafür liebte er es, die Jungs auszupeitschen. Pro Peitschenhieb gab es einen Zehner.

Du zeigtest mir Orte, wo wir ungestört konsumieren konnten. Die dunklen Ecken. Oft übernachteten wir in einem Abbruchhaus hinter den Gleisen. Ich liebte es mit dir dort hinzuflüchten, um den Rausch in ruhiger Atmosphäre ausleben zu können. Einmal wurden wir beim Sex von einem Schäferhund überrascht. Ich hatte voll Schiss bekommen. Gott sei Dank kam der Wachmann, beruhigte den Hund und verscheuchte uns.

Beim „Basics" bekamen wir Essen und konnten unsere Klamotten waschen. Du kanntest Mirjam vom „Basics". Sie war deine Bezugsbetreuerin, als du noch minderjährig warst. Als ich ihr von dir erzählte, schaute sie immer sehr skeptisch. Aber irgendwie auch so, als würde euch etwas verbinden. Sie hatte nie gegen dich gewettert oder versucht, dich mir auszureden. Ein einziges Mal warnte sie mich. Aber da war ich schon viel zu verliebt.

Im Sommer schliefen wir oft irgendwo. Bei warmen Temperaturen unter freiem Himmel und sonst bei Esther, Tabea oder wildfremden Menschen. Bei Tabea schliefen wir immer auf dem harten Boden und verwendeten unsere Klamotten als Unterlage und Zudecke. Damit konnten wir jedoch gut leben, da dies immer noch besser als ein kalt-nasser Schlafplatz war. Tabea besaß nicht mehr als eine Matratze, einen Fernseher und einen Tisch. Es sah, trotz der überschaubaren Habseligkeiten, immer sehr wüst und verkeimt bei ihr aus. Aber uns war dies egal, denn wir waren immer willkommen. Danke dir Tabea.

Ziemlich schnell hatte das Geld vom Schnurren nicht mehr gereicht, da noch der Crack-Konsum dazukam. Aus 80 Euro Konsumbedarf wurden schnell 180 Euro pro Tag. Deswegen warst du anschaffen gegangen und ich musste täglich mehrere Stunden auf dich warten. Ich wusste jedes Mal nicht, ob du zurückkommen würdest. Als du wieder da warst, erzähltest du nie etwas darüber. Wir sind danach immer schnell zu der Junkie-Sammelstelle (nachfolgend "Babylon" genannt) gesprintet, sodass wir endlich wieder den Affen und den Druck loswurden. Der einzige Freier, den ich kennenlernen durfte, war ein ruhiger evangelischer Pfarrer. Er saß immer in einem Schwulenkeller und kümmerte sich um seine kleinen Jungs. Dem konntest du oft, ohne etwas „Besonderes" zu leisten, einen Fünfziger aus dem Kreuz leiern. Ich schnurrte derweil von morgens bis abends, um meinen Beitrag leisten zu können. Ca. 4 Wochen machte ich diese Schnurrer-Tortur mit. Ich hatte das Schnurren gehasst. Menschen liefen in Strömen an mir vorbei. Die meisten ignorierten das Leid von uns Straßenkindern und einige schenkten uns sogar abwertende Blicke. Lediglich die wenigsten schienen betroffen oder besorgt zu sein und fragten, ob sie irgendwie helfen könnten. Damals schwor ich mir, ich würde diesen hilflosen Menschen eine wertschätzende Aufmerksamkeit schenken, falls ich es je rausschaffen sollte.

Der Konsum mit dir zusammen blieb wunderschön. Damit wir mehr davon hatten, behielten wir das Gerauchte lange in der Lunge. Anschließend pusteten für diesen heiligen Atem noch einmal gegenseitig in unsere Münder. Wir hatten oft und ausgiebig wilden hemmungslosen Sex, wenn wir auf Crack waren. Auf Shore genossen wir zusammen den endlos friedlichen Moment. Abel, es tat mir so weh, dass du für uns losgehen musstest und deine Würde verkauftest. Ich traute mich nicht dasselbe zu tun, weshalb ich mir immer größere Vorwürfe machte.

Irgendwann sehr schnell meintest du jedoch, dass es nicht mehr funktioniere. Die Männer würden dich nicht mehr wollen. Daher müssten wir „leider" etwas zu zweit machen. Es gäbe da so Perverse, die filmen Teenies gerne beim Ficken. Ich müsste auch niemanden anfassen. Dies würdest du dann schon übernehmen. Aus schlechtem Gewissen machte ich mit. Du hattest mich von hinten genommen und den fetten Säcken ihren Dödel massiert. Dabei wirktest du irritierend routiniert auf mich. Ich fühlte ein wenig Stolz, dass ich nun endlich etwas mehr beitragen konnte. Die erste Hemmschwelle war nun überwunden.

Kurze Zeit später saßen wir sehr affig auf einem großen Platz im Sperrgebiet. Unser Bedarf erhöhte sich rasant. Ich gestand ein, dass ich nun auch ranmüsste. Aber du wolltest angeblich mein Loch mit niemanden teilen. Dann hattest du jedoch vorgeschlagen, dass ich Blowjobs machen könnte. Dies „erlaubtest" du mir. Mit ein paar deiner Selbstschutz-Instruktionen und Pfefferspray war ich los. Ich hielt noch einmal inne und wollte einen Rückzieher machen, da ich so viel Angst hatte. Aber dann hattest du mich ermutigt, dass es ganz einfach sei und gar nix Dickes. Du versprachst mir, auf mich aufzupassen. Ich solle dir doch vertrauen. Nach wenigen Minuten hielt der erste Interessent schon an. Ich hatte so viel Angst, riss mich jedoch mit aller Kraft zusammen. Innerlich empfand ich so viel Ekel und Abneigung. Aber dies durfte ich mir nicht anmerken lassen. Mein erster Job war nun geschafft. Ich hatte einen völlig fremden Penis in meinen Mund genommen. Ich war entsetzt und ein wenig erstarrt, aber auch stolz darauf, dass ich mich dazu überwinden konnte. Du sagtest beiläufig, dass dies hier nun mal der Kurs sei und ich mich über den Zwanziger freuen sollte. Wofür ich vorher Stunden benötigte, erledigte sich nun in 10 Minuten. Es war Anfang Juni. Gerade mal einen Monat waren wir heroinabhängig und das Tagesziel bestand nur noch darin, den „Affen" oder das „Craving" loszuwerden.

Aus den Blowjobs wurden nach wenigen Tagen Fick-Jobs. Da gab es wenigstens das Doppelte und ich musste weniger unerfüllte Seelen trösten. Du machtest nun nichts mehr, da bei dir ja nix mehr ginge. Es würde Stunden dauern, bis einer bei dir anspringe. Bei mir hielten die Autos einer nach dem anderen an. Es sprach sich rum, dass junges Frischfleisch rumlief. Papa-Ficks nannte ich die meisten Jobs. Ich musste mittlerweile 200 Euro am

Tag alleine verdienen, damit wir gerade so ohne Craving und Affen durch den Tag kamen. Du hattest nur noch auf mich gewartet, mich kontrolliert und die schmutzigen Scheine an dich genommen. Kein Haar krümmest du mehr für uns. Du meintest, es sehe blöd aus, wenn ich den Stoff bezahle. Motiv Eitelkeit. Die Frau finanziert den Mann. So dachte ich bis ich rausfand, dass du mich die ganze Zeit beschissen hattest. Abends bearbeitete ich immer noch 2 Schwänze. Mit dieser Kohle fuhrst du dann immer alleine zu unserer Dealerin und besorgtest den Stoff für den nächsten Morgen. Ich konnte abends nicht mehr mit, da ich sonst zu spät bei der Schlafunterkunft gewesen wäre. Nach meinem morgendlichen Freier holte ich dich immer bei der Obdachlosenunterkunft ab und hoffte auf den erlösenden Stoff, den du am Abend zuvor holen wolltest. Oft war gar nichts da oder nur wenig. Es gab angeblich nichts mehr, weshalb du die Kohle für Alkohol ausgabst, um einigermaßen klar zu kommen. Ich kaufte dir diese Story immer ab.

Einmal war bei unserer Dealerin ein Russe, der schwer kriminell und imposant wirkte, jedoch sehr still war. Er beeindruckte mich und ich unterhielt mich eine Weile mit ihm. Sein Crack teilte er mit mir. Daraufhin wurdest du sauer auf mich, weil ich dir nichts davon abgab. Ich glaube, dass der Russe dich sofort durchschaute, was für ein Wixxer du warst. Unsere Dealerin verriet mir später, dass dies als große Geste vom Russen zu deuten war. Er hätte es auch nicht zugelassen, dass ich dir etwas von diesem Geschenk abgebe. Doch du stelltest mich als egoistisch dar. Ich hätte dieses Geschenk nicht annehmen dürfen.

Bei einem Freier und auch Crackdealer bekam ich Koks als Entlohnung. Das war wirklich abgefahren. Auf einem Herd kochte er Crack. Er entschuldigte sich, dass es noch nicht fertig sei. Stattdessen gab er mir Kokain. Ich versuchte das Koks auf der Pfeife zu rauchen. Dabei fiel mir einiges auf den Teppich herunter. Den weißen Staub leckte ich vom Teppich ab. Ich erschrak vor mir selbst. Soweit war ich nun schon abgestürzt? Der Rausch war komplett anders als bei Crack, was mich sehr verwunderte. Du wurdest stinksauer und beleidigend, da ich das Koks nicht für dich mitgebracht hatte. Ich sei egoistisch und arrogant.

Langsam begriff ich, dass etwas nicht stimmig war.

Ich wurde langsam sehr müde. Der Junkie-Alltag war anstrengend und doch irgendwie sehr monoton. Überhaupt nicht lebenswert. Der Shore-Bedarf wurde stetig mehr bei uns beiden und ich wusste, dass ich es nicht schaffe, konstant bis zu 300 Euro täglich zu verdienen. Ich musste mich daher entscheiden. Entweder die Nadel oder Entzug. Ich hatte bereits oft Schmerzen und blutete aus meinem Loch. Dir war das egal. An einigen Tagen lief ich bis zu 8 Mal los. Oft auch ungeschützt, da es hierfür mehr gab. Dich interessierte nur noch die Kohle. Ich wollte schließlich von Shore entgiften. Entweder kalter Entzug bei Tabea oder Entzugsklinik. Ich stellte dich vor die

Wahl. Ich wollte nicht an der Nadel hängen. Das hätte ich nicht überlebt. Einmal war ich kurz davor. Du hattest schon meinen Arm abgebunden und das Gift aufgezogen. Aber ich hatte Gott sei Dank zu viel Angst und vertröstete mich stattdessen mit einer extra Portion Crack. Wir versuchten schließlich einen Cold Turkey bei Tabea. Du warst so ein Schlappschwanz und Jammerlappen. Eigentlich wolltest du mich aktiv unterstützen, da du dieses Prozedere bereits gut kanntest. Tabea hielt es jedoch nicht mehr aus, uns leiden zu hören. Sie informierte ihre Betreuer, die uns mit der Polizei nachts aus der Bude schmissen. Uns ging es sehr schlecht und wir übernachteten draußen. Es war eiskalt, windig und es regnete. Wir konnten in der Frühe eine Subutex auftreiben, sodass ich wieder arbeitsfähig wurde. Alles ging nun wieder von vorne los.

Einen kalten Entzug würde ich nicht noch einmal versuchen. Das „Basics" organisierte daher alles für einen Entzug in der Klinik. Einen Tag vor der Aufnahme meintest du, dass das „Basics" dich anzeigen würde, wenn ich bei der Entgiftung sei, um damit eine Trennung zwischen uns zu erwirken. Ich solle dem „Basics" nicht mehr trauen. Ich glaubte dir und mein Vertrauen zu meinem einzigen Anker war verloren. Meiner Betreuerin machte ich noch eine Riesenszene. Sie schwor, dass dies nicht stimmte, was du mir einredetest. Erst später erfuhr ich, dass alles nur erstunken und erlogen war. Du wolltest mich nur noch mehr an dich binden.

Ich substituierte schließlich mit Polamidon. Damit erfuhren dann auch meine Eltern, dass ich ein Junkie war, da sie ihr Einverständnis für die Substitution geben mussten. Du wolltest das Zeug nicht nehmen, da es dich immer so müde machen würde. Ich flehte dich an mitzumachen. Aber du hattest immer neue Ausreden. Letztendlich substituierte ich alleine, um mir etwas finanzielle Erleichterung zu schaffen und der Druck nach Affentötern endlich aufhörte. Dich musste ich weiterhin mit Shore versorgen. Du hattest mich erbarmungslos ausbluten lassen und dich interessierten null meine täglichen Qualen.

Ein Vorfall verletzte mich noch sehr. Du fragtest mich ganz selbstverständlich, ob es in Ordnung für mich sei, wenn du ab und zu mit einer großbrüstigen Dame losgehen könntest. Bei mir sei diesbezüglich nichts zu holen. Ich meinte, dies sei okay für mich, obwohl der tiefe Schmerz kaum auszuhalten war.

Ich erinnere mich, als mich Zivilbullen beim Anschaffen aufgabelten und in die Zelle sperrten. Sie ließen mich ganz alleine und entzügig in der kalten Zelle und sprachen kein Wort mit mir. Mein Vater holte mich mit dem Auto ab. Ich flüchtete aus dem Auto und du kamst wie ein Retter und fingst mich mit einem Affentöter auf. Es fühlte sich an, als würde mein Vater mich entführen und wieder in die seelische Gifthöhle sperren.

Die gemeinsamen Stunden mit dir in Babylon. Irgendwann kannte man uns dort sehr gut. Ich war immer das Mädchen, was da irgendwie nicht reinpasste. Dort traf ich die gruseligsten Gestalten. Fremdgesteuerte Zombies. Irgendwann war ich das bestimmt auch. Einmal kollabierte ein Junkie. Er schluckte seine Steine herunter, während eine Zivilstreife ihren obligatorischen Kontrollgang dort machte. Keiner tat irgendetwas. Ein anderes Mal schlief eine junge Frau in den Armen ihres Freundes ein. Sie wollte nicht mehr. Viele, auch wohlhabende Menschen stürzten innerhalb von wenigen Wochen komplett ab. Crack war das Teufelszeug.

Es war Mitte August. Seit Anfang Mai befand ich mich nun im Teufelskreis aus Beschaffung und Konsum. Schließlich wurde ich krank. Ich hatte Fieber und dachte, ich würde innerlich verbrennen und war unheimlich schwach auf den Beinen. Im Abbruchhaus hinter den Gleisen wollte ich mich ausruhen und flehte dich an, nur für ein paar Tage Geld zu besorgen bis ich wieder fit sei. Aber du hattest mich nur unter Druck gesetzt. Ich sollte gefälligst losfahren. Wir stritten uns heftig, woraufhin ich davonlief. Zu unserer Dealerin. Ich erzählte ihr alles über dich und uns. Dass ich die Kohle Tag für Tag für uns ranholen musste. Sie erzählte, dass du mit meiner Kohle abends bei ihr warst und fast alles wegrauchtest und dich über mich lustig machtest. Ich durfte mich bei ihr ausruhen bis ich wieder fit war. Sie versorgte mich die Tage über mit Stein und Shore. Du wolltest auch zu ihr, aber sie ließ dich nicht rein. Du seist der letzte Dreck und du solltest mich endlich in Ruhe lassen.

Nach einigen Tagen war ich wieder beim „Basics" und teilte mein Vorhaben und meine Entscheidung mit, dass ich mich von dir trennen wollte. Du hattest gegen die Tür vom „Basics" gehämmert und mich gerufen. Wir bräuchten uns doch. Du würdest ohne mich sterben. Wie könne ich dies nur zulassen. Ich weinte vor Verzweiflung. Ich kam das letzte Mal zu dir raus. Stephanus wollte mich noch aufhalten. Aber ich sagte, ich hätte alles im Griff. Es regnete draußen in Strömen. Ich kam zu dir und gab dir einen letzten Kuss. Eigenartigerweise liebte ich dich trotz allem immer noch. Nun würde es aber zukünftig kein WIR mehr geben, da ich sonst bald sterben würde. Bye, Abel. Ich kehrte wortlos ins „Basics" zurück. Nachts in der Schlafunterkunft schrie und weinte ich wirklich stundenlang. Ich konnte nicht fassen, dass ich nun wieder ganz alleine auf der Welt war. Ohne einem funktionierenden Weltbild, ohne Identität und ohne Bezugssystem. Am nächsten Tag saß ich auf der Treppe einer Unterführung und spürte eine unheimlich intensive Einsamkeit. Die Welt schien immer größer und ich immer kleiner zu werden. Meine Lage sah beschissen aus. Mir blieb nur noch eine Option. Entgiftung und Drogentherapie.

Die erste Entgiftung trat ich Mitte/Ende September an. Bei der Entgiftung hatte ich tagtäglich Angst, du würdest kommen und mich bestrafen. Nein, eher hatte ich Angst, dass du mich wieder in dein Spinnennetz lockst und ich wieder darin festklebe.

Als ich die Rückfälle während der Drogentherapie hatte, suchte ich dich beim Bahnhof und in Babylon. Aber du warst verschollen. Mich plagte das schlechte Gewissen, dich alleine gelassen zu haben. Tabea erzählte mir dann, dass sie eine Strafanzeige wegen Zuhälterei gegen dich stellte. In Babylon meinten einige, du seist wohl stinksauer, weil du dachtest, ich hätte die Anzeige aufgegeben. Scheinbar warst du auf der Suche nach mir. Zwischendurch sollst du wohl in U-Haft gesessen haben. Wegen anderer Delikte oder Straftaten. Ich nahm dich nie als kriminell oder gar böse wahr.

Während meines ersten Rückfalls, war ich mit Timotheus im Abbruchhaus hinter den Gleisen. November und arschkalt. In einem Raum lagen Matratzen und unzählige Spritzen. Die Wände waren überall mit Blut bespritzt. Als wir eng angekuschelt schliefen, kam plötzlich jemand rein und hielt drohend ein Messer vor sich. Ich beruhigte sie und wir kamen ins Gespräch. An den Wänden erkannte ich deine gezeichneten Kunstwerke. Sie erzählte mir, dass du eine Zeit lang mir ihr hier warst. Du versuchtest dasselbe mit ihr abzuziehen. In eine emotionale Abhängigkeit zu dir zu bringen und anschließend „arbeiten"zu schicken. Sie kannte diese Spielchen schon und schmiss dich raus. Ich mochte sie irgendwie. Sie war Ende 20 und man sah, dass sie mal sehr hübsch gewesen sein musste. Total abgemagert und verjunkt. Sie hatte sich aufgegeben. Mehrere Therapieversuche waren erfolglos. Sie wusste, dass sie immer Schluss machen könnte. Ihr Crack teilte sie bedingungslos mit uns. Ich war noch nicht soweit mich aufzugeben. Timotheus würde auch bald sterben. Ich mochte ihn. Er wohnte damals bei unserer Dealerin. Ihre Bude wurde jedoch hochgenommen. Sie vermutete, dass du sie angeschwärzt hattest. Dies war dein Rachefeldzug gegen sie, weil sie mich damals beherbergte und dich ausschloss. Unsere Dealerin wurde eingebuchtet und Timotheus war wieder auf der Straße. Ihr Sohn, damals 16 Jahre alt, wohnte bei ihr. Er klopfte manchmal an die Wohnzimmertür, um sich Bargeld für Gras abzuholen. Ich fand dies unheimlich befremdlich, da er ja immer in einer Gefahrenzone lebte. Für ihn schien dies jedoch absolut normal zu sein. Damals sah Timotheus noch fit und gesund aus, da er mit Subutex substituierte. Nun jagte er sich die Nadeln schon in den Hals. Beine, Arme, Füße und Hände waren voll mit Abszessen und Wassereinlagerungen. Er wusste, dass dies sein letzter Winter sein würde. Ich wollte ihm ehrliche Nähe geben.

In Babylon traf ich noch eine alte Bekannte. Wir teilten unsere Shore, da ich keine Pfeife hatte. Sie erzählte mir, dass du sie mal fragtest, wie man am klügsten Mädchen auf den Strich bekommt. Kurze Zeit später stand ich wohl auf der Matte. Alles brach in mir zusammen. Trotz allem hoffte ich, dass wenigstens ein paar Gefühle von dir mit Liebe zu mir behaftet waren. Diese Hoffnung wurde immer kleiner und machte mich kleiner. Es war alles eine Lüge, geplantes Kalkül, Manipulation hoch zehn. Was war überhaupt echt gewesen? Ich zweifelte alles an mir an. Wie konnte ich nur so blöd sein?

Unsere letzte Begegnung war vorm „Basics" kurz vor meiner zweiten Entgiftung. Ich war nun volljährig und es war Mitte April. Du hattest eine Neue, die einen Kinderwagen vor sich schob. Ihr wart tatsächlich in Babylon mit Kinderwagen. Ich war unheimlich entsetzt darüber. Als du kurz alleine warst, kamst du zu mir und redetest auf mich ein. Ich war sofort wieder in deinem Spinnennetz. Du wolltest mich wiederhaben. Die Andere sei wohl nix Ernstes. Wie fremdgesteuert verhielt ich mich. Du gabst mir noch einen Kopf Shore aus. Dann kamen glücklicherweise zwei Betreuer vom „Basics" vorbei. Sie fragten, ob bei mir alles in Ordnung sei und ob ich nicht lieber mit ihnen mitkommen wolle. Ich zwang mich aufzustehen, mitzugehen und dich mit einem Knopfdruck zu ignorieren. Dies hatte mich unheimlich viel Mut und Selbstdisziplin gekostet. Aber eine innere leise Stimme sagte, ich müsse sofort weg von dir. Im „Basics" war ich eine gute halbe Stunde verstummt und erstarrt. Ich konnte mich weder bewegen noch reagieren. Das war die letzte Begegnung mit dir und ich spürte, dass ich noch in einer kompletten Abhängigkeit zu dir stand. Ich bin so froh, dass die beiden vom „Basics" vorbeikamen.

Abel, 10 Jahre musste ich kaum an dich denken. Ich spürte nie Wut gegen dich. Vor einigen Monaten kam jedoch überflutende Wut in mir hoch. Das Verfahren wurde damals wegen schwerwiegenderen Straftaten eingestellt, wofür du lediglich ein paar Monate eingesessen hattest. Ich war entsetzt über die Einstellung des Ermittlungsverfahrens. Deine Straftat gegen mich fiel juristisch gesehen nicht ins Gewicht. Als ich schon von dir getrennt war, wurde ich noch einmal von Zivilbullen beim Anschaffen aufgegriffen. Sie luden mich lediglich ein, um eine Zeugenaussage zu machen. Ich erzählte denen meine Geschichte und wie ich auf den Strich gekommen war. Sie öffneten mir erst die Augen, dass dies die typische Herangehensweise von verjunkten noch recht selbstdisziplinierten und hoch intelligenten Loverboys sei. Bis dahin wusste ich gar nicht, dass ich Opfer einer Straftat war.

Heute 10 Jahre später beeinträchtigen mich die Folgen dieser seelischen Qualen enorm. Für diese Qualen suche ich eine Entschädigung. Ich möchte als Opfer einer Straftat anerkannt werden. Diese Geschichten dürfen nicht aus Scham versteckt bleiben. Und ich wünsche mir, dass ich Menschen und Institutionen mit meiner Geschichte erreichen kann. Diese Sachen passieren, jedoch müssen Opfer dieser Straftat als Opfer anerkannt werden und in jeglichen Lebensbereichen und -phasen unterstützt werden. Bei Bedarf ein Leben lang. Denn diese Narben bleiben ewig an uns haften.

Du hattest mich in deinen Bann gezogen.

Auf mich wirkte nichts verlogen.

In dir sah ich meine Sehnsucht nach Freiheit.

Letztendlich war es nichts außer Feigheit.

Bei dir fühlte ich mich nicht verurteilt.

Du hattest jedoch mein Leben entzweit.

Mir mein Vertrauen erschlichen

und mich nicht mehr mit anderen verglichen.

Du warst meine einzige Kraftquelle,

doch hautest in mein Herz eine kometengroße Delle.

Wir beide gegen den Rest der Welt.

Wir bauten unser ganz eigenes Zelt.

Dann drehte sich das Blatt.

Perfides Lügen fand nun statt.

Du verkauftest dich als Opfer hilflos.
Ich sei doch deine Frau „Hilf mir doch bloß!"

Mich wollten alle haben.
Keiner wollte dich, sie würden dich werfen in einen
Graben.

Ich sei jung und unverbraucht.
Meine Hilfe brauchtest du nun - dein Ego raucht.

Ja ich sorge nun für dich auch mein Retter,
aber sei doch wieder ein bisschen netter.

Du gönntest mir nichts, belogst mich jeden Tag,
spieltest mit meinem Gewissen und Vertrauen, sodass
ich dich weiterhin mag.

Ich konnte nicht mehr und trotzdem tratst du weiter.
Meinen Tagelohn sammeltest du ein, während ich fiel

von meiner Lebensleiter.

Nach außen sorgtest du für mich,
alles andere war eine tiefe Scham für dich.

Ich bekam trotzdem nur die Brotkrumen
und dazu noch verwelkte Blumen.

Es war nun genug
mit dem Betrug.

Ich verließ dich und musste mich retten.
Du legtest mich noch mehr in Ketten.

Wo gehe ich nun hin ganz alleine und einsam?
Hier wollte ich nie wieder sein, einfach zu grausam.

Die Sonne war versteckt, sie würde wieder scheinen,
doch jetzt werde ich erstmal den Schmerz wegweinen.

Ich hoffe, dass du so schnell wie möglich von dieser Erde gehst und nicht noch mehr Mädchen diese Qualen erleben müssen. Auf dass du ewig an Schuldgefühlen erstickst. Karma!!!!!

Erleichtert

Leuchtendes braunes Gold.

Es ist verdammt lange her, aber ich werde dich nie vergessen. Du schenktest mir Frieden, Wärme und Geborgenheit, als ich dies bitternötig hatte. Der brutale Alltag wurde durch dich leichter. Ohne dich wäre ich manchmal zerbrochen. Ich erinnere mich sehr gut an deinen süßlichen Geschmack. Du fülltest meinen Körper und meine Seele mit Ruhe und Stille, als alles in meinem Leben stürmisch war.

Ich erinnere mich an unsere erste Begegnung. Ich war Mitte 16. Sommer. Da, als unsere Liebesbeziehung begann. Pontius wollte dich unbedingt vorstellen. Du wirktest unscheinbar und harmlos. Als ich deine friedliche Energie einatmete, blieb meine Welt stehen. Sie wurde nicht besser, jedoch plötzlich so unendlich leicht.

Erst war ich misstrauisch. Ich hatte nun schon gehört und gelesen, dass deine Liebe nicht bedingungslos sei. Du gibst wohl am Anfang unheimlich viel. Aber dann sollst du dich unverhältnismäßig vereinnahmend verhalten. Ich distanzierte mich daher von deinen Flirts und Liebesangeboten.

Als meine seelische Existenz nach dem Aufenthalt in der geschlossenen Psychiatrie zerbrach, vermisste ich dich so sehr, dass ich es nicht mehr aushalten konnte. Ich wollte wieder zu dir und mit dir sein. Mir war es egal, dass diese Liebesbeziehung an Bedingungen geknüpft sein würde. Aber was hatte ich nun zu verlieren? Ich war sowieso nichts mehr.

Du fingst mich in deinem dichten Spinnennetz auf. Aber der Preis war hoch, da du mich nicht mehr gehen lassen wolltest. Ich wollte doch nur bedingungslose Nähe, aber du wickeltest mich fest ein und entführtest mich in dein gnadenloses Königreich. Mein Alltag wurde bestimmt durch deine Gesetze. Ich hatte nun nichts mehr zu melden. Mein Bedürfnis nach Autonomie lachtest du aus und mein Bedürfnis nach Nähe missbrauchtest du.

Ich konnte nicht mehr ohne dich.

Dies merkte ich bereits nach etwa 4 Liebesbeziehungstagen. Meine Seele schrie nach dir. Mein Rücken schmerzte. Ich war tot müde und musste die ganze Zeit gähnen. Mein ganzer Körper juckte fürchterlich. Eine extreme Unruhe und Angst überkamen mich. Ich fror am ganzen Körper. Ein ständiger Kälteschauer durchzuckte meine Glieder. Ich dachte, ich würde wahnsinnig werden.

Nun gab ich alles, um mich wieder mit dir zu vertragen und Zeit mit dir zu verbringen. Du wurdest sonst sehr wütend und ungnädig.

Mein Körper war nur noch Mittel zum Zweck, der ab und zu mal zum TÜV musste. Du hattest mir geholfen dieses Gesetz in unserer Liebesbeziehung zu tolerieren. Regelmäßig erfuhr ich deinen Trost und eine Entschädigung.

Aber du wolltest immer mehr. Ich sagte dir, dass mir deine Entschädigung nicht mehr reiche. Du hattest mir verführerisch geflüstert, dass du durch meine Adern fließen möchtest. Ich wurde daraufhin stinksauer. Zu viele Seelen erlebte ich nun schon, die du komplett erlöst oder ihre Körper und Seelen kompromisslos vereinnahmt und zerstört hattest. Ich half diesen Seelen viel zu oft damit, dich auf einem Löffel zu tragen. Nun wollte ich dich endlich loswerden und die Liebesbeziehung beenden. Aber so leicht machtest du mir es leider nicht. Der erste fehlgeschlagene Trennungsprozess (Cold Turkey) ließ mich seelisch und körperlich kotzen, krampfen und zittern.

Ich war wieder zu dir zurückgekommen, drohte dir jedoch mit Fremdgehen. Polamidon kam in mein Leben. Du warst stinksauer und versuchtest mir das Pola madig zu reden. Das sei nix für mich. Aber ich blieb standhaft. Vom Pola konnte ich mich zwar nur langsam, aber dafür fast schmerzfrei lösen. Pola war ein guter Ersatz für dich.

Vergessen konnte ich dich leider nicht. Wir hatten eine Zeit lang eine On- off- Beziehung. Aber nie wieder so eine enge Verbindung, da ich dir misstraute. Ich bin oft mit Subutex fremdgegangen, da sie nicht so vereinnahmend wie du warst.

Unsere letzte Begegnung war Mitte April. Ich war mittlerweile 18. Du wolltest mich wieder verführen, als ich unendlich einsam und durstig nach Nähe, Verbundenheit, Ruhe und Frieden war. Ich gab dir an diesem Tag den

Abschiedskuss. Du warst eine Liebesbrücke zu meinen elementarsten Bedürfnissen. Diese Brücke sprengte ich. Nun war und ist es meine Verantwortung, eine authentische und wahre Brücke zu bauen, diese regelmäßig zu warten und vor Witterung zu schützen. Diese Aufgabe war bzw. ist groß und kann mir keine andere Seele oder Substanz abnehmen. Andere Seelen können mich lediglich darauf aufmerksam machen, wenn diese Brücke instabil und brüchig geworden ist.

Gestärkt

Wow! Du warst einfach der Hammer. Ich fühlte mich durch dich stark, leistungsfähig und unaufhaltsam. Jegliche Traurigkeit, Lethargie und Ohnmacht wichen von einem auf den anderen Moment. Alles konnte ich mit dir überwinden. Endlich nahm ich wieder Kontrolle, Macht, Unabhängigkeit, Freiheit und Einfluss wahr. Ich fühlte mich mit dir sexuell nicht mehr unterlegen. Du warst meine Brücke zu leidenschaftlichem, verschmelzenden und hemmungslosen Sex. Scham, Schuld und Angst existierten nicht mehr.

Du kamst rasant in mich rein und flüchtetest genauso schnell. Das war jedes Mal der blanke Alptraum. Paranoia, Todesangst, lebensmüde Sehnsüchte und ein endloses sich getrieben fühlen. Die Leute nannten diesen Alptraum Craving. Deine zarte Schwester Heroin konnte diesen Teufelskreislauf unterbrechen. Aber ich konnte trotzdem nicht ohne dich. Deine Schwester war im Gegensatz zu dir unglaublich friedvoll. Aber mit dir konnte ich ausbrechen, fühlte Macht und Selbstbestimmung. Ich war so süchtig nach dir. Du warst die Brücke zu meiner Autonomie und Selbstbestimmung. Nie mehr wollte ich diese missen.

Aber du warst noch viel teurer als deine Schwester. Vielmehr musste ich für das Brückenticket zur Autonomie bezahlen. Endlose Gier.

Ich liebte unser Ritual. Pfeife, Stahlwolle und dann du darauf. Es brutzelte und knisterte. Meine Lunge explodierte förmlich. Den Geschmack kann ich nicht beschreiben. Öfters schmecktest du etwas nach Waschmittel. Es war gang und gäbe dich damit zu vermehren. Ich liebte deine Verbrennungsakustik. Ich wollte keinen Hauch mehr ausatmen. Behielt dich so lang wie möglich in mir.

In Babylon suchte ich jedes Mal akribisch weiße Kügelchen auf dem Boden. Nicht selten wurde ich fündig. Einige Crack-Verliebte ließen bei ihren gierigen Bewegungen etwas von dir runterfallen. Die Reste in der Pfeife kratzte ich mehrmals aus, um noch einmal dich damit zu erleben.

Ich werde nie diese eine Situation vergessen. Ich saß in irgendeinem Hausflur, oberstes Geschoss mit 2 anderen Crackies. Die beiden überlegten, welches Auto sie knacken wollten, um Kohle für die nächste Runde zu bekommen. Wir waren alle drei mitten im Craving. Ich fühlte Tod, endlose Leere und Ausweglosigkeit. Dieses Gefühl war so stark, dass ich mich von mir trennen musste. Die beiden erzählten mir, dass ich einige Minuten regungslos und erstarrt war. Als ich zu mir kam, trennte ich mich von den beiden. Mit dem einen war ich 2 Tage schlaflos unterwegs. Er war die ganze Zeit auf der Hut, da ein Haftbefehl gegen ihn lief. Wir waren zusammen in einem Stundenhotel, um in Ruhe konsumieren zu können. Wir hatten uns permanent verstecken müssen.

Die Angst war auch bei mir immer groß, eingesperrt oder ins Krankenhaus gefahren zu werden. Angst, dem Affen und dem Craving hilflos ausgeliefert zu sein und letztendlich dort als Junkie zur untersten hoffnungslosen Kategorie zu gehören.

Mein letztes Erlebnis mit dir. Das war auch der letzte Freier. Ein wohlhabender Mann. Eine wunderschöne Villa. Bewirtung. Alles was das Herz begehrt. Er war der erste und einzige Freier, mit dem ich das Erlebnis mit dir teilte. Er hatte viel von dir besorgt. Dies war eine lange Nacht. Zwei verlorene Seelen, die sich den Schmerz rausvögelten. Dies war die Nacht vor der Entgiftung. Aber von der Pfeife mit den Resten konnte ich mich erst beim Aufnahmegespräch der Entgiftungsklinik trennen.

Während einer Rückfall-Episode gab ich dich den Basics-Betreuern, welche mich bei Paranoia und Orientierungslosigkeit irgendwo auffanden. Diesen Schritt bereute ich damals. Ich brach durch deine Eifersuchtsszene (Craving) so zusammen, dass alle anderen Kids das Basics verlassen mussten. Vielleicht hätten sie sich das lieber anschauen sollen.

Crack, du warst das Dunkle, Schwarze und Teuflische. Deine Schwester war weiß, hell und göttlich. Ihr beide wart eine illusorische und zerstörerische Brücke zu meinen innersten Sehnsüchten und Bedürfnissen. Keinen von beiden werde ich je wieder in mein Leben lassen. Ich danke euch für die gewonnenen Erkenntnisse.

Aufgenommen

Du warst für 1,5 Jahre mein Zuhause. Bei unserer ersten
Begegnung spürte ich Angst, Überforderung, jedoch einen gewissen Nervenkitzel. Ich spürte sofort, dass hinter
deiner verführerischen Maske ein tiefes verborgenes Leben tobte. Diese Schatten sollte niemand mitbekommen
und mussten im Verborgenen bleiben. Es wurde einiges
unternommen, damit die Gemüter von den oft offensicht-
lichen Schattenseiten abgelenkt werden. Aber ich ver-
mute, dass ich nicht die Einzige war, die diese dunklen
Schatten erahnte. Bei dir war alles geschäftig, chaotisch
und turbulent. In dem ganzen Gewusel existierten jedoch
klare Gesetze.

Ich wollte diese Gesetze kennenlernen und erleben. Wie
lief der Hase hier? Welche Realität war hier die Wahr-
haftige und Unverschleierte? Unter deinen Dächern hing
ich mit den anderen Teenies ab und trank anfangs viel
Alkohol. Vertrieb bei dir meine Zeit. Das Geschehen in
deinen Räumen studierte ich genau und erkannte irgendwann die Stricher, die Freier, die Zivilbullen, die Can-
nabisdealer, die Langzeit- und Kurzzeitjunkies. Ich unterhielt mich viel mit Seelen, die dich als Zuhause akzep-
tierten und fühlte mich mit diesen verbunden. Du hattest
deinen ganz eigenen Rhythmus. Das Labyrinth unter
Tage kannte ich im Schlaf und legte Kilometer um Kilometer in deinen verzweigten Unterführungen zurück,
ohne mich zu verirren. Ich liebte deinen Geruch, die

Gleise, die Zuggeräusche und das endlose Treiben. Außer nachts. Da wurde das Elend überdeutlich. Eilende Crack-Junkies, die deine windstillen Ecken nutzten, um ihre Steine gierig knistern zu lassen. Shore-Junkies, die verwahrlost, jedoch friedlich zusammensackten. Viele Alkoholiker in ihren Schlafsäcken. Und dann waren da die Säuberer, die akribisch und brutal diese Schatten eliminierten.

Du warst der Knotenpunkt, zudem ich immer zurückkehrte. Wenn man wollte, setzte man sich in einen deiner Züge und verschwand weit weg. Aber dies tat ich kein einziges Mal. Ich wollte dieses Zuhause nicht verlassen.

Nahe bei dir gelegen war das „Basics", das mich mit Nahrung und einer Schlafunterkunft versorgte. Nicht weit von dir entfernt befand sich der Sperrbezirk bzw. der Straßenstrich, wo ich die unerfüllten Seelen nähren konnte. Und natürlich Babylon, welches mich eine lange Zeit mit Frieden und Kraft versorgte. Auf deiner langen Einkaufsmeile durfte ich meine Bedürftigkeit der breiten Masse offenbaren.

Ich kannte dich nun so gut und sollte dich nun verlassen?

Die Sehnsucht nach dir war riesig, während der ersten kurzweiligen Drogen-Therapie. Zweimal war ich von dort aus zu dir geflüchtet, da ich Trost und Kontrolle suchte. Nach der Drogen- Therapie bliebst du noch vier Monate mein treuer Alltagsbegleiter.

Dann verabschiedete ich mich von dir.

Auch Jahre später spüre ich alles, wenn ich dich besuchen komme. Du wirst mir langsam fremder, aber ein kleiner Anteil wird immer dich als Zuhause anerkennen. Wenn ich Züge starten höre und Gleise quietschen, dann denke ich an dich. Ich danke dir, dass du mich damals aufgenommen hattest. Es war jedoch Zeit zu gehen und diese Beziehung loszulassen für immer.

Gekreuzigt

Ich muss mich nicht mehr vor euch fürchten, denn ich bin nun sicher und brauche euch nicht mehr zum Überleben. Bei weitem kann ich mich nicht mehr an euch alle erinnern. Nehmt mir dies bitte nicht übel.

Welch ein Betrug! Welch Illusion! Ich war eure Liebesbrücke. Eure Nähe-Maschine. Ihr sehntet euch nach Nähe und zugleich nach persönlicher Freiheit und Entfaltung. Ich verkaufte mich für eure Illusion. Dies war euch kaum etwas wert. Ich fand es traurig, dass oft meine bloße Anwesenheit oder simple ungefilterte Gespräche euer Bedürfnis nach Nähe und Verständnis stillten. Wieso habt ihr niemanden, der euch das geben möchte? Ihr seid doch verheiratet, habt Kinder in die Welt gesetzt und steht im Leben?

Aber ich war auch euer Kanal für Wut, Enttäuschung und Aggression. Einige sollte ich quälen. Einige quälten mich. Jeden Tag blutete ich ein bisschen mehr.

Mit dir alter Opi war ich in einem Stundenhotel. Du warst mein erster Papa-Fick. Ich zog mich aus und legte mich auf das Bett. Meine Seele schrie: „Tue mir das nicht an". „Doch wir müssen", flüsterte ich ihr. Heroin würde uns sonst quälen. Ich spürte alte schrumpelige Hände an mir. Der Geruch war irgendwie alt. Das Zimmer war sehr spärlich eingerichtet. Das Bett war links. Ein Fenster. Rechts davon ein Spiegel mit einer Kommode und einem

Tisch. Auf der Kommode lagen Kondome und Feuchttücher. Ich war entsetzt darüber, in welcher Realität bzw. Selbstverständlichkeit und Normalität ich mich befand. Ich weiß nichts mehr von dem Koitus. Es war nur eine körperliche Vereinigung, keine Seelische. Meine Seele machte derweil einen Ausflug in eine andere Welt.

Du warst mein liebevoller Stamm-Opa. Beinahe täglich standst du da mit deinem roten Kleinwagen. Du ludst mich oft in einen Burger-Laden ein. Es war wirklich ein Erholungsjob, denn du wolltest nie Sex. Nur ein ekstatisches Gefühl mitnehmen. Wir unterhielten uns viel über Reisen und Aktien. Du hattest einfach genossen, dass ich dir zuhörte. Ich sei so anders als die anderen Mädels. Du würdest mich vermissen, aber wünschtest dir so sehr, dass du irgendwann vergeblich auf mich wartest. Wir fuhren oft ins Parkhaus oder in die Natur. Ich stimulierte deinen Penis in meinem Mund, musste aber nie schlucken. Das Fenster ging runter und ich konnte das eklige Zeug ausspucken. Danach gab es immer einen Bonbon von dir gegen den salzigen Nachgeschmack. Diese Erleichterung in deinen Augen war deutlich zu sehen. Was hatte dich nur so belastet? Ich log dich an, dass ich nur Cannabis konsumieren würde, denn ich wollte dein unschuldiges Bild von mir nicht zerstören. Du warntest mich auch immer vor den bösen Freiern. Hätte ich mal auf dich gehört.

Dann gab es dich. Ich kenne noch deinen Namen. Du warst Geschäftsmann und hattest einen schweren Wagen unter deinem Hintern. Bei uns waren das auch Papa-Ficks. Liebevoll. Aber auch bei dir musste ich meine Seele flimmern lassen. Du nahmst mich einmal in deine Wohnung mit. Ich sah Bilder von deiner Frau und deinen Kindern an der Wand. Das machte mich so unendlich traurig. Du seist wohl mittlerweile geschieden. Es war dir ständig ein Anliegen, mich aus der Scheiße rauszuholen. Du wüsstest einen seriösen Escort-Service. Ich sah noch nicht so verbraucht aus und wäre intelligent und einfühlsam. Auch dich log ich an. Nein, ich sei nicht heroin- und crackabhängig. Ich sei einfach auf der Straße und rauche gelegentlich Cannabis. Du warst sehr beharrt und mächtig da unten. Du warst der liebevolle Gorilla.

Du warst ein einsamer Mann in der Vierziger. Ich war immer in deiner Wohnung. Wir mussten uns beide übergründlich waschen. Danach wolltest du meine Vagina regelrecht ausschlürfen und verspeisen. Ich ekelte mich so sehr. Und dann musste ich auch noch vorspielen, dass mir dies gefiel. Diese Abspaltung meiner wahren Gefühle war extrem anstrengend. Später als ich kurz clean war, traf ich dich am Busbahnhof. Du fragtest mich laut, ob ich nicht nochmal Zeit für dich hätte. Ich sei ja so lecker. Tiefe Scham überkam mich, da dies mehrere fremde Personen gehört hatten. Das war unheimlich demütigend von dir.

Dann erinnere ich mich an dich. Du fuhrst einen babyblauen Oldtimer. Du warst überall glattrasiert und hattest einen riesigen Penis. Der passte kaum in meinen Mund rein. Du wolltest Verkehr. Ich lehnte dies ab, da ich vor schweren Verletzungen Angst hatte. Daher saßen wir lediglich auf deinem Rücksitz und ich gab oral mein Bestes.

Dann bei dir. Du warst eklig, denn du hattest so Pickelchen am Penis und meintest, die seien harmlos. Ich hatte dir vertraut. Nein, eigentlich nicht, denn ich musste vertrauen. Diese Pickelchen an meiner Zunge werde ich nie vergessen.

Du fuhrst mich zu deiner Wohnung. Dies geschah in meiner zweiten Rückfallepisode. Du sagtest, du seist nicht zeugungsfähig und trockener Alkoholiker. Neben mir lag eine ausgetrunkene Desperados-Flasche. Ich wollte es nicht riskieren. Letztendlich lagst du doch auf mir, schnauftest und bewegtest dich auf und ab. Ich betete, dass kein Leben daraus entstehen würde.

Ein Handwerker. Blaues „Dienstauto". Du hattest mich gnadenlos gestoßen. Es tat unheimlich weh. Meine Schmerz-Geräusche animierten dich noch brutaler in mich einzudringen. Du warst verärgert. 15 Euro war ich dir wert.

Ein dunkelfarbiger Porsche. Dir wurde Impotenz bescheinigt. Du bekamst keinen mehr hoch. Das tat mir wirklich leid und ich gab mir wirklich Mühe. Aber er blieb schlaff. Dies war ein sehr befremdliches Gefühl für mich. Aber bei mir musstest du dich nicht dafür schämen. Ich fing dich in deiner Verletzlichkeit auf.

Ein junger Mann. Vielleicht Mitte 20. Du liefst mir entgegen. Ein Blick genügte. Ich fand dich sympathisch und gut aussehend und verstand daher nicht, warum du hier warst. Du hattest Angst, uns könnte jemand sehen. Auch beharrtest du auf ein Kondom, obwohl ich dir nur orale Unterstützung gab.

Du holtest mich mit deinem roten Auto ab. Plastikhandschuhe hattest du an, da du wohl riesige Angst vor Bakterien hattest. Ich zog mich aus und legte mich auf die Rücksitzbank. Du schautest mich einfach nur lange an. Mir war dies sehr unangenehm. Du wirktest schüchtern und vorsichtig. Für mich gehörtest du zu den Unberechenbaren, weshalb ich die ganze Zeit große Angst verspürte.

Rot-weißes Absperrband auf dem Rücksitz. Polnischer Akzent. Angst. Wieso hörte ich nicht auf meine leise innere Stimme. Es war dunkel draußen. Ich spürte, dass ich bei dir keine Forderungen stellen sollte. Brav sein wie ein Kind, welches lieb zu Papi sein möchte und ihn bewunderte. Deine Sätze waren knapp und sehr bestimmt. Sie bedeuteten „Gehorche bloß, sonst wirst du hörig gemacht". Du fuhrst in einen verlassenen Hinterhofparkplatz. Niemand war sonst da. Plötzlich wirktest du nervös. Und dann weiß ich nichts mehr. Nur, dass ich schrie, um mich schlug und Todesangst in mir herrschte.

Ekliger Typ. Übergewichtig. Du stankst und schienst etwas unterbelichtet zu sein. Wieso wurdest du denn so nervös auf einmal? Ich fragte dich, wo du denn noch hinfahren wolltest. Eine halbe Stunde fuhren wir bereits und befanden uns in einem weitläufigen Industriegebiet. Kein Mensch oder Auto weit und breit. Ich hatte Angst. Du hieltest an und sagtest nichts. Ich versuchte etwas die Stimmung aufzuheitern, doch du ließt dich überhaupt nicht darauf ein. "So ich will Verkehr, 40 Euro" Ich meinte, dass ich meine Regel hätte. Das störte dich jedoch nicht. Aber mich du Wixxer. Ich wollte nicht. Abgemacht war französisch. Aber ich traute mich nicht zu widersprechen. Du wolltest auf mir liegen. Ich schob den Rücksitz nach hinten. Entfernte den Tampon und schmiss ihn aus dem Fenster. Und schluckte. Du warst unheimlich schwer. Ich lag wie ein erdrücktes Brett unter dir. Du schnauftest, denn es schien anstrengend für dich zu sein. 120 kg auf zarte 50 kg. Was war an mir denn schon attraktiv oder weiblich? Ich war doch noch ein Kind.

Hellblaues Auto. Rücksitz. Du warst ungeduldig. Ich sagte ich könne nicht mehr da unten. Es ginge nur noch oral. Kindliche Eingänge seien nun mal nicht für 8 Durchläufe am Tag gemacht. Es war alles schon wund und blutig im Loch. Du wolltest mich trotzdem von hinten ficken und mir dabei an den Haaren ziehen. Ich schob bereits einen ausgeprägten Affen. 250-300 Euro musste ich mindestens am Tag schaffen, um mich und Abel durchzubringen, auch an Sonn- und Feiertagen. Keine Pause. Ich biss meine Zähne zusammen. Den Schmerz hielt ich jedoch nicht aus. Ich brach ab und beendete es mit einem Blowjob. Du fuhrst mich zurück zum Sperrgebiet, drücktest mir einen 10er in die Hand und sagtest, mehr hättest du nicht. Du wolltest von Anfang an bescheißen. Ich bekam einen Wutausbruch. An der mehrspurigen Ampel drücktest du mich aus deinem Auto. Breitbeinig unter Tränen stolperte ich zum „Basics". Ich schaffte es nicht und brach zusammen und keiner war da. Menschenmassen liefen an mir vorbei. Keinen interessierte mein Elend. Gewalt ertragen zu müssen, die gesellschaftlich nicht als Gewalt anerkannt wird.

Ich stieg bei dir ein und wir fuhren nach ganz oben in ein Parkhaus. Du warst einer von den Kreativen. Freischaffender Künstler, Schriftsteller und irgendwie ziemlich öko. Wir konnten uns über viele Sachen unterhalten. So über Normales. Ich fing an dich zu mögen. Nachdem du eingeparkt hattest, stelltest du dich raus und ich rutschte zur Fahrerseite rüber. Du sagtest ich solle vor dir knien. Das würde sich angeblich besser machen. Völlig unerwartet rammtest du mir deinen riesigen Penis in meinen Rachen, nahmst meinen Kopf und drücktest ihn fest an dich mit immer heftigeren Stößen. Ich bekam kaum Luft und würgte mehrmals. Ich hatte Todesangst. Du registriertest meinen Überlebenskampf überhaupt nicht, oder? Du hattest dich von einer auf die andere Sekunde in ein unkontrollierbares wildes Tier verwandelt. Ich war zerschmettert. In Scheiben zerlegt. Gedemütigt. Nach dieser Folter setzten wir uns wieder ins Auto und unterhielten uns ganz normal weiter als sei nichts passiert. Der Schock saß noch tief in meinen Gliedern. Ich werde diese

Todesangst nie vergessen, das Ringen nach Luft. Ich versuchte erst die Kontrolle wiederzuerlangen, wurde aber von dieser Brutalität so überrollt, dass ich erstarrte. Wie in Ohnmacht.

Dir musste ich deinen Penis einklemmen und deine Eier zuschnüren. Ich konnte es nicht. Nur ganz leicht. Du sagtest „Nu mach doch. Bitte!!!" Ich verstand die Welt nicht mehr. Wieso magst du nur so dolle Schmerzen?

Ich stand mit dir im Stundenhotel „Zarte Pflaume". In einer gut ausgestatteten Bumbsbude mit abgetrenntem Badezimmer. Du hattest die Dame überredet, dass sie uns reinlässt. Minderjährige durfte sie eigentlich nicht durchlassen, aber sie machte wie so oft eine Ausnahme. Ich kniete vor dir und ließ mir ins Gesicht spritzen. Tiefe Traurigkeit durchzog meine Glieder. Ich war ein Spritzobjekt. Hilflos und ohnmächtig.

Glatzkopf mit Schnurrbart. Mich hatten schon viele vor dir gewarnt. Du wolltest mich anpinkeln. Und ich sollte deinen Urin trinken. Ständig liefst du mir nach und ich rannte immer davon. Doch eines Tages gab es nur dich. Ich willigte ein. Du solltest mir folgen. Ich ging ganz weit weg. Niemand sollte sehen, dass ich mit dir los war. Immer schneller lief ich. Eigentlich wieder vor dir weg. Auf einmal warst du wieder hinter mir und ich erschrak sehr. Du liefst wie ein angeleinter Dackel hinter mir her und wärest mir bis Afrika gefolgt. Eigentlich dachte ich dich abgehängt zu haben. Und nun warst du doch bei mir. Deine gierigen braunen Augen blitzten und Sabber lief dir vom Kinn. Schweißperlen auf deiner Stirn. Die Vorfreude stieg in dir auf. Endlich bekamst du mich auch mal. Wir verzogen uns in eine Junkie-Ecke. Der Bereich war sehr verkotet und es lagen viele Spritzen herum. Aber dafür war es sehr mit Bäumen vor Gaffern geschützt. Ich fragte, was du denn wolltest. Eigentlich wollte ich die Antwort nicht hören. Anal. Ich war noch jungfräulich im Analbereich und hatte riesige Angst. Ich senkte meinen Kopf, zog meine Hose nur soweit wie nötig herunter und weinte innerlich. „Nu mach endlich!" forderte ich dich auf. Du negiertest dies, da ich dir helfen sollte. Ich war so beschämt, da ich deinen Penis bei mir einführen musste. Erst dann hattest du zugestoßen. Und nochmal und nochmal. Ich war überwältigt von diesen stechenden und befremdlichen Schmerzen. Es war vorbei. Ich wollte nur noch weg von hier. Ich trat noch schön in Menschenscheiße. Soviel Dreck auf einmal. Ich zitterte und tat alles für meine Erlösung.

Bei mir war die Überwindungsgrenze mich mit dem ersten Freier einzulassen sehr hoch. Ekel, Abscheu, Scham, Trauer und Angst. Als es vorbei war (kann mich nicht mehr an den Akt genau erinnern), ging etwas in mir kaputt. Ich wollte schreien, aber ich konnte es nicht mehr. Und ich wollte weinen, aber auch dies gelang mir nicht mehr. Was ich fühlte, war betäubt und abgetötet. Die Fähigkeit sich zu wehren und Widerstand zu leisten, ging bei jedem Freier mehr verloren. Ich meine, dass Prostitution sexualisierte Gewalt ist (auch Freiwillige verdammt noch mal). Hier herrscht ein abstrakter Mechanismus, der wohl mich damals für eine Zeit wieder in die Prostitution zurückgetrieben hatte. Damals hatte ich das Gefühl, dass ich hier wenigstens einen Platz hätte. Das „normale" Leben außerhalb erschien mir fremd und ich fürchtete, dort niemals akzeptiert und willkommen zu sein. Den Respekt, den mir „nette" Freier scheinbar entgegenbrachten, investierten sie in einen Schein. Gerüche fremder Männer zu ertragen und ihre Haut am eigenen Körper zu fühlen. Dafür musste ich alle meine Grenzen ausschalten. Den Männern die Penetration meines wertvollen Körpers zu ermöglichen, die ich unter anderen Umständen abgelehnt hätte. Hier hatte ich alles abgeschaltet: Angst, Scham, Fremdheit, Ekel, Verachtung, Schmerzen. Und dann noch vorspielen, dass das mir gefällt. Ich bin unheimlich wütend, dass in Deutschland sexualisierte Gewalt gegen Frauen (Prostitution) normal ist (siehe liberale Prostitutionsgesetzgebung). So glauben Menschen hier und unsere Kinder, dass es keine Gewalt ist, wenn Menschen in der Prostitution tagtäglich penetriert und ihrer Würde beraubt werden. Die Folgen waren für mein Umfeld kaum bis selten sichtbar. Ich musste dies verstecken, um Ablehnung zu vermeiden. Die Seele ist rätselhaft. Sie kennt viele Tricks um nicht zu zerbrechen.

Ich rufe zu dir da draußen - du schaust weg,
ich bin lediglich dein blinder Fleck.

In deiner Realität existiere ich nicht,
wie dein 1021tes Haar, welches gerade zerbricht.

Zu viel Elend - du schützt dich vor dem Dreck,
wie ich mich vor dem widerlichen Erbgut, dass ich grade schmeck.

Wir gehören alle in diesem System dazu,
Diskriminierung - ja genau, das machst auch du.

Du kannst den Ort hier nicht einfach säubern,
mich wegzaubern von den Seelenräubern.

Schau hin und frag mich doch mal,
ich als Koitus-Objekt – ich mache mich tagtäglich kahl.

Nein, nicht nur ein Auto am Tag hielt an,
Frischfleisch kommt - da wollen alle mal ran.

Sie saugen mich auf bis kein Seelenfunke mehr auf-
blitzt,
das Kreuz auf meinem Rücken wurde tief eingeritzt.

Der Schmerz schockt meine Leistengegend,
diesen kann ich ausblenden - absolut unaufregend.

Demütigende Worte vergisst du jedoch nie wieder,
es durchfährt ein Schock meine Glieder.

Ich höre sie, spüre sie jedoch nicht mehr.
Mein Alltags-Ich ist grad endlos leer.

Ja ich klage euch an, da ihr nicht seht,
wie ein zartes Pflänzchen vergeht.

Ich verachte euch mehr als die Freier, sie trauen sich
mehr als Frau und Herr Meyer.

Alles dreht sich, nur meine Welt steht still,
das muss ein Scherz sein zum 1.April.

Ich kann nichts, außer schlafen, kacken und fressen.
Ich gehöre niemandem und zu niemanden.

Ich werde ausgesaugt von endlos gierigen Seelen im Schafsfell, die zu mir flüstern: " Ich bin kuschelig weich. Du kannst dich bei mir einkuscheln und dich zu Hause fühlen." Nun bin ich angedockt an deren Seelen. Erbarmungslos bedienen sie sich an meinem kindlichen unbefleckten Vertrauen. Ich werde aufgesaugt, wie ein unscheinbarer Krümel auf dem Teppich und niemand wird es bemerken.

Ich muss hier weg. Ich habe gerade noch so viel Blut um zu überleben Wer spendet mir sein „echtes" Blut ohne Gegenleistung zu erwarten außer tiefer Dankbarkeit?
Ich befinde mich hier und weiß nicht mehr, was ich hier soll. Die Vorstellung, dass die Welt ein vertrauensvoller Ort ist, ist zerstört.

Umarmt

Ich danke dir Martha, dass du in mein Leben tratst, als ich Wärme und Licht bitternötig hatte. Du gabst mir Hoffnung, dass ich es schaffen könnte. Denn du hattest es auch geschafft, ein abstinentes Leben zu führen.

Ich sehe mich gerade durchnässt in meiner damals schwarzen Lieblingshose. Verzweifelt wartete ich noch auf einen Freier. Bevor ich zur Schlafunterkunft ging, brauchte ich unbedingt noch einen Affentöter. Auch Abel würde sauer werden, wenn ich morgen früh nichts mitbrächte. Ich weinte. Mir wurde immer mehr bewusst, in was für einer beschissenen Lage ich mich befand. Ich war Abfall, durchnässt und verschimmelt.

Frierend und weinend stand ich vor der Schlafunterkunft und keiner öffnete die Tür. Plötzlich machte eine Frau mit schwarz gelocktem Haar die Tür auf. Du schautest genervt. Ich hatte dich zuvor noch nie im Schlaftempel gesehen. An dem Abend war ich auch alleine mit dir in der Schlafstätte, was nicht häufig vorkam. Mir war nicht nach Reden zumute, vor allem nicht mit einer genervten Person. Du hattest meinen Zimmerschlüssel nicht gefunden und schon wieder brach ich in Tränen aus. Die durchnässten Ekelsachen klebten an mir. Ich wollte doch nur warm duschen und mit meiner "Schlafmedizin" den Tag vergessen und einschlummern. Du gabst mir unerwartet deine Schlafsachen, doch dann fandst du die Schlüssel wieder.

Im Terminplaner war eingetragen, dass ich zur Entgiftungsklinik gefahren werden sollte und du fragtest mich, ob ich mir dessen sicher sei und dies auch wirklich wollte. Ich erinnere mich, dass ich folglich in deinen Armen lag und bitterlich weinte. Du hörtest mir zu und legtest eine heilende Aura um mich. Ein tiefes Vertrauen und eine intensive Verbundenheit spürte ich in diesem Moment. Dir erzählte ich, wie verzweifelt ich war, da das Leben, das ich momentan führte, so normal wurde. Wenn ich zurückschaute auf meine Lebensträume, drohte mein Herz zu zerbrechen. Ich war in einem Alptraum gefangen, aus dem ich aufwachen wollte. Doch warum war es so schwer, die Augen zu öffnen und für einen schönen Traum zu kämpfen?

Du wirktest unheimlich glaubwürdig und authentisch auf mich. Selbst warst du jahrelang heroinabhängig und seist seit vielen Jahren clean. Während meiner ersten kurzweiligen Drogentherapie vermisste ich deine wortlose Wärme. Als ich rückfällig wurde, warst du plötzlich wieder da und holtest mich aus gefährlichen Situationen heraus. Du fuhrst mich einmal nach Babylon und fragtest mich provokativ, ob du mich dort rauslassen solltest. Ich weinte bitterlich. Nein, ich wollte dort nicht sterben. Im „Basics" gab ich dir dann meine restlichen Steine und durchlebte mein schlimmstes Craving. Anschließend fuhrst du mich wieder zur drogentherapeutischen Einrichtung.

Vor meiner zweiten Entgiftung schrieben wir uns ganz viele Nachrichten und trafen uns einmal in einem Café. Ich durfte noch ein letztes Mal die Wärme in deinen Armen spüren.

Als ich die zweite Entgiftung wagte, hattest du den Kontakt brutal abgebrochen. Mein Herz zerbrach in hunderte Scherben. Wieso verlässt mich mein einziger emotionaler Anker in der schlimmsten Zeit meines Lebens? Du hattest mir doch versprochen, mich in der Entgiftung zu besuchen. Erst viele Jahre später begriff ich deine Entscheidung. Du wolltest dich und mich schützen. Ich sollte mich nicht emotional abhängig von dir machen. Diese Erfahrung war so schmerzlich.

In meinem Herzen versprach ich mir, dass wir uns irgendwann wieder Nähe schenken, jedoch unter anderen Umständen. Wir werden uns wiederbegegnen.

Während der Zeit vor und nach der Geburt meines Sohnes, hatten wir schriftlichen Kontakt. Ich durfte sogar deinen Sohn sehen und freute mich unheimlich für dich. Der Kontakt intensivierte sich jedoch nicht, was aber auch okay für mich war.

Martha, ich liebe dich, auch wenn wir nie viel zusammen waren. Du bist meine Seelenverwandte, unwichtig, ob du es auch so empfindest. Ich hatte das Gefühl, dass du mein Herz mit heilenden und einfühlsamen Blicken anschauen und dieses bedingungslos umarmen konntest und Geborgenheit gabst.

Jedes Mal, wenn ich Radieschen auf einer Butterstulle esse, erinnere ich mich an dich. Du wirst mein ganzes Leben ein Platz in meinem Herzen haben.

Verantwortlich

Ich wollte dich beschützen vor den bösen Seelen. Am liebsten hätte ich dir Handschellen angelegt und dich mit zur Entgiftung entführt.

Wir lernten uns auf der Straße beim Schnurren kennen. Dein Idol nannte sich Che-Guevara. Im linken Segment fühltest du dich wohl. Dies konnte ich nie verstehen. Obwohl du dich immer unter vielen Leuten aufhieltst, sahst du unheimlich einsam aus. Zarte 14 Jahre alt und schon auf dich alleine gestellt.

Als ich mich von Abel trennte, waren wir für wenige Wochen (bis zu meiner ersten Entgiftung) unzertrennlich. Auch du hattest dich auf eine Liebesbeziehung mit Shore und Stein eingelassen. Das Geld vom Schnurren reichte auch bei dir nicht mehr aus. Ich zeigte dir das „Basics", damit du wenigstens einen festen Ort zum Schlafen hattest.

Wir mussten nur noch vormittags Jobs machen, da wir unsere Kohle zusammenlegten und somit meiner Dealerin größere Mengen abnehmen konnten. Ein Gramm Stein kostete 50 Euro. Für 150 Euro konnten wir schon 5 Gramm besorgen. Mengenrabatt eben. Mit 250-300 Euro pro Tag waren wir beide bestens versorgt. Und da war es Banane, ob jemand mal mehr oder weniger beitragen konnte. Wir verhielten uns solidarisch. Nachmittags ließen wir genüsslich unsere Steinchen brutzeln. Für dich gab es dann noch Shore und für mich Flunitrazolam, da zum Polamidon kein Beikonsum toleriert wurde. Ein ganzer Riegel Flunis für gerade mal einen Zwanziger. Unfassbar.

Wir erzählten uns jedoch nie die Storys, die wir mit den Freiern erlebten. Einmal musste ich mich mit einem nackig ketschen, bis er abspritzte. Dies erzählte ich dir, da ich danach wirklich sehr verwirrt war. Du hattest mir dann gebeichtet, dass du dich von einem im "Spiel" vergewaltigen lassen würdest. 150 Euro gäbe es dafür. Ich sah mittlerweile tiefe Resignation in deinen Augen, warnte dich trotzdem vor dem Glatzkopf mit Schnurbart. Jedes Mal, wenn ich diese endlose Leere in deinen Augen sah, wusste ich Bescheid.

Ich zeigte dir das Abbruchhaus hinter den Gleisen. Wir verbrachten dort viele gemeinsame Stunden. Mich erschütterte es sehr, dass du bereits an der Nadel hingst. Dein Gesicht war wegen dem Juckreiz schon total verunstaltet. Du hattest dich in kürzester Zeit stark verändert. Nichts erinnerte mehr an die linksextremistische Kämpferin, die du ursprünglich sein wolltest.

Den letzten Abend verbrachten wir zusammen in der Schlafunterkunft. Wir schauten uns lange wortlos an. Du fragtest mich, ob ich wirklich den Schritt gehen wollte. Ja, ich war mir sicher, auch wenn ich dich dafür zurücklassen musste. Mich hielt, abgesehen vom Stein, nichts mehr hier. Ein Leben ohne Crack war für mich zu diesem Zeitpunkt noch unvorstellbar.

Du wirktest so schutzbedürftig, aber wolltest nie irgend-einen Schutz annehmen. Weit über die Grenzen des Er-träglichen warst du gegangen, was schwer für mich aus-zuhalten war. Während eines Rückfalls, war ich mit Timotheus unterwegs. Der Freund meiner Dealerin. Vor deiner ersten Entgiftung kamst du mit ihm zusammen. Er erzählte mir, dass es dir sehr schlecht ging.

Während deiner Entgiftung besuchtest du die drogenthe-rapeutische Einrichtung, in der ich zu dieser Zeit lebte. Wir sahen uns und das einzige, was du mir sagtest war: "Emma, du bist ja noch dünner geworden. Hier möchte ich nicht hin."

Einige Monate später trafen wir uns das letzte Mal in dei-ner betreuten Jugendwohnung. Du konsumiertest wieder Shore. Ich wusste, ich müsse mich von dir endgültig lö-sen. Das tat mir so weh, da du so zart, schüchtern und verletzlich warst. "Bitte gebe nie auf", waren meine letz-ten Worte. Du schautest zweifelnd. Ich sah, dass du dich bereits aufgegeben hattest. Als Erinnerung schenktest du mir dein heißgeliebtes Halstuch, da auch du spürtest, dass dies die letzte Begegnung sein würde.

Ich bewahrte das Tuch wie einen großen Schatz auf. Ei-nige Monate später musste ich diesen jedoch verbrennen, da mir die Erinnerung ungemeine Energie kostete.

Magdalena, du warst meine Seelenfreundin, daher wirst auch du immer einen Platz in meinem Herzen haben.

Diesen Brief schrieb ich während meiner zweiten Entgiftung:

Liebe Magdalena,

du hast nur ein Leben von Gott bekommen. Auch wenn es schwerfällt, versuche es mit Respekt und Dankbarkeit zu behandeln.

Was wäre das Leben ohne Trauer, Leid, das Böse und die Ungerechtigkeit? Ja, ich weiß. Wir wurden wirklich nicht geschont. Aber trotzdem. Wenn es das nicht geben würde, würden wir das Schöne, die Freude, die Liebe, die Gerechtigkeit und das Gute gar nicht erkennen und schätzen lernen. Ohne dem Bösen würde es das Gute nicht geben.

Versuche das Glück, das Gute, die Freude und die Liebe in kleinen Dingen zu erkennen, zu schätzen und dankbar zu sein. Sei dankbar für das, was du hast. Ich weiß, dass es grad nicht viel ist. Aber du liebst doch deinen Kakao am Morgen. Du Leseratte. Das Buch, das du gerade liest. Oder genieße mal bewusst auf Shore den Sonnenuntergang.

Die Drogen machen jedoch, dass man diese Dinge langsam nicht mehr sehen kann. Das machte mich unglücklich, denn Drogen blenden und spielen das Glück vor.

Und wenn ich richtig überlege. Trauer ist auch ein Gefühl, das wichtig und befreiend ist. Ich kenn das von mir. Wie gerne suhle ich mich manchmal in Trauer und Leid. Letztens saß ich in der Sauna und war dankbar für das

Gefühl der Traurigkeit. Ich weinte nämlich sehr doll, jedoch genoss ich es und war dankbar dafür, dass ich diese Traurigkeit spüren konnte. In diesem Geflenne in der Sauna zeigte sich nämlich auch gleichzeitig ein zartes Lächeln.

Ja, man könnte sogar sagen. Genieße auch den Stein, der gerade auf deiner Pfeife brutzelt oder die 100 Euro die du von einem großzügigen Freier bekommen hast. Aber sei dir trotzdem bewusst.

Dieser Lebensstil tötet dich und macht deine Gefühlswelt, deinen Charakter, deinen Körper und deine Zukunft kaputt. Es ist nur eine kurze und vorgespielte Freude, die du von Drogen bekommst.

Mir wird gerade immer mehr bewusst, dass ich selbst für mein Glück aktiv etwas tun muss. Ebenso für die Liebe, für die Freude und allgemein für meine Gefühle. Nämlich sie erkennen und sie bewusst fördern.

Ich kenne mich überhaupt nicht. Mir sind diese Gefühle nicht ganz geheuer, da sie oft so groß und mächtig sind. Aber ich habe ja mein ganzes Leben Zeit für das Kennenlernen...

Gesehen

In meinem Herzen sehe ich eine Insel. Eine Insel, an der ich mein verwittertes Boot anlegen konnte. Bei euch fand ich Zuflucht, wenn die Stürme auf der rauen See an meinen Kräften zerrten. Und ich konnte ein wenig Kraft tanken und von den stürmischen Erlebnissen auf See berichten. Ihr hattet mich nie von der Insel verbannt. Auch als ich mit den größten Seeungeheuern kämpfte und vorübergehend zusätzliches Heilungselixier benötigte. Zu keinem Zeitpunkt fühlte ich mich durch euch herabgesetzt oder verurteilt. Lediglich eure Hand hattet ihr mir aufgehalten mit einer Idee, wie ich ein viel stabileres und schöneres Boot bauen könnte.

Ich traf euch das erste Mal, als ich mit Anfang 17 von der geschlossenen Psychiatrie ausbrach und Zuflucht suchte. Unvoreingenommen nahmt ihr mich auf, trotz der sichtbaren Narben auf meiner Seele. Esther und ich betraten damals eure Insel, da uns Lilith erzählte, bei euch gäbe es etwas für unsere hungrigen Bäuche. Ich war völlig überrascht, dass es sowas überhaupt gab. Ihr wusstet, dass wir ausgebüxt waren. Trotzdem hattet ihr uns nicht verraten. Dies war für mich ein riesiger Vertrauensbeweis. Wir erzählten euch, dass eine Rückkehr zur Klinik unumgänglich sei, wir jedoch noch ein wenig Zeit benötigten.

In den Monaten auf der Straße wart ihr meine Tankstelle, an der ich als vollwertiger Mensch gesehen wurde. Ich konnte meine Sachen bei euch waschen, vertrauensvolle

Gespräche führen und erhielt Nahverkehr-Tickets, sodass Konsequenzen von Schwarzfahrerei ausfielen.

Am hilfreichsten war der Schlafplatz mit Privatsphäre. Dies war unendlich wertvoll für mich. Ich liebte es zu euch zu kommen. Mich auf die Couch zu legen, etwas Leckeres zu essen und meinen geliebten Cappuccino zu trinken. Den hattet ihr glaube ich extra besorgt, da ich ihn so gern trank. Ich durfte bei euch geschützte Pausen einlegen und fühlte mich ernst und wahrgenommen. Keine überflüssigen Moralpredigten. Ihr erkanntet, wo ich mich innerlich und äußerlich befand und hattet mich genau dort abgeholt. Ich hatte immer das Gefühl, dass ihr mich und meine Interessen vertretet und nicht die Erwartungen des Systems in mich einpflanzen wolltet. Denn ihr erkanntet schnell, dass ich diese Erwartungen bereits sehr gut kannte.

Dann gab es den Vertrauensbruch zwischen uns, den Abel mit Lügen und Sabotage verursacht hatte. Ich war nun nicht mehr oft bei euch bis ich erkannte, was Abel mit mir abzog und ich mich schließlich von ihm trennte. Ihr wart zu dieser schwierigen Zeit da. Am Trennungs-Tag schrie und weinte ich die halbe Nacht in der Schlafunterkunft. Die seelischen Schmerzen durch die Trennung waren unerträglich. Auf eurer Rettungsdecke konnte ich diese sicher durchleben. Anschließend organisiert ihr nochmals einen Termin für die Entgiftungsklinik. Ein wenig später war ich fort zu meiner ersten Entgiftung.

Während meiner ersten kurzen Drogentherapie besuchtet ihr mich. Ich sagte dort, mir würde es besser gehen, da ich euch nicht enttäuschen wollte. Jedoch steckte ich wieder sehr tief in der Kotzerei. Irgendwie kannte ich das ja schon. Entweder Kotzerei-Hölle oder Drogenhölle. Mir ging es zunehmend schlechter in dieser Einrichtung. Bei beiden Rückfällen wart ihr da und hattet mich bei meinem schlimmsten Craving begleitet.

Dann brach ich die erste Drogentherapie nach ca. 3 Monaten ab und war wieder auf der Straße. Obwohl ich schon 18 Jahre alt war, durfte ich mit Ausnahmegenehmigung eure Insel besuchen. Bis ich schließlich eine Betreute Wohngemeinschaft fand. Da war ich nun wieder unter fremden Menschen. Ich gab mir so große Mühe alles in den Griff zu bekommen, clean zu bleiben und fing eine ambulante Therapie an. Ich bewarb mich für eine Ausbildung zur Fremdsprachenkorrespondentin und erledigte sämtliche Ämtergänge im Alleingang.

Leider wurde diese betreute WG kein neues Zuhause für mich, da meine Mitbewohnerin mich schikanierte und handgreiflich wurde. Ich flüchtete vor meinem neuen Zuhause. Wieder auf der Straße traf ich Esau, den ich aus der Entgiftung kannte. Er war drauf. An der Nadel und auf Crack. Wieder auf der Straße versuchte ich mich mit Alkohol, Gras und Benzos zufrieden zu geben. Esau wedelte an einem für mich schwachen Tag mit einem Hunni und meinte, er wolle mich einladen. Und da war ich wieder ganz tief drinnen. Und das sehr schnell und exzessiv.

Crack. Ich begann bei der Konsummenge, bei der ich vor meiner Entgiftung aufhörte. Mein Körper reagierte sehr heftig darauf. Shore rauchte ich jedoch nur noch gelegentlich und bezog mich eher auf Benzos, die es aber auch in sich hatten.

Und dann jener Abend. Stephanus sagte, ich solle doch nun zu meiner WG fahren. Ich meinte, dass ich dies nicht könne, da ich solche Angst vor meiner Mitbewohnerin hatte. Meine Seele und mein Körper sträubten sich. Auf einmal merkte ich, dass ich wie in eine andere Welt verrückt wurde. Ich fühlte keine Kontrolle mehr über meine Gedanken, meine Gefühle, meinen Körper und konnte auf nichts mehr reagieren. Irgendwann lag ich auf dem Boden in Monas Armen und war sehr erschöpft und irritiert. Alles war leer. Die Kids mussten die Räume verlassen. Ich durchlebte einen schweren dissoziativen Krampfanfall und ihr hattet so liebevoll und schützend auf mich reagiert.

Ich kehrte nun nie wieder in die WG zurück. Im Schnellverfahren organisiertet ihr eine neue WG für mich. Und dort hatte ich tatsächlich meine Ruhe.

Rahel von der Schlafunterkunft fuhr mit mir zu ihren Pferden und ging mit mir frühstücken. Sie begleitete mich auch zu meiner letzten Entgiftung. Dieses zwischenmenschliche Engagement werde ich nie vergessen.

Lukas, du warst einzigartig. Ich fühlte mich immer auf Augenhöhe mit dir. Das gemeinsame Frühstück in der Schlafunterkunft genoss ich sehr. Du wusstest, was ich am liebsten aß. Ich erinnere mich an die gemeinsamen abendlichen Fahrten mit der U-Bahn zur Schlafunterkunft. Du hattest mir sogar bei Matheaufgaben geholfen und dich darauf vorbereitet, als ich noch den externen Realschulabschluss anstrebte. Gut in Erinnerung habe ich den Abend, als jemand in der Schlafunterkunft bewusstlos mit aufgeschnippelten Armen im Bad lag und du so gut auf diese Schocksituation reagiertest.

Ich erinnere mich, als Stephanus in Babylon war und mich suchte. Als ich ihn sah, versteckte ich mich, da ich mich so schämte. Martha gab euch wohl schon Bescheid, dass ich von der Drogentherapie geflüchtet war. Und ihr wart los mich suchen. Stephanus, du sagtest zu mir kurz vor meiner letzten Entgiftung, dass wenn es jemand ganz rausschaffen sollte, dann sei ich das. Das klang nicht wie ein bloßer Mutmach-Spruch. Dies wirkte so echt auf mich. Danke, diese Worte erreichten mein Herz und bedeuteten mir viel.

Maria, ich vertraute und vertraue dir. Du warst ein temporärer Lebensanker, an dem ich immer wieder Mut, Trost und Selbstvertrauen fand. Du gabst mir menschliche Nähe, engtest mich dabei jedoch nie ein.

Ihr konntet mein Herz erreichen, als ich eigentlich niemanden mehr ranlassen wollte. Ihr nahmt mich so an, wie ich war und übtet keinerlei Druck aus. Dies ist und war so heilsam für mich.

Während der zweiten Entgiftung besuchtet ihr mich zwei oder dreimal. Zu diesen schweren Stunden wart ihr für mich da.

Als ich einigermaßen stabil war, hatte ich euch einmal jährlich besucht. Für mich war dies jedes Mal ein Highlight. Dieser Weg war immer schwierig für mich, aber unheimlich wichtig, da ich mit meiner Vergangenheit jedes Mal eine positive Erfahrung verknüpfte und dies dann leichter zu ertragen war. Und ich erkannte deutlicher meine Entwicklung. Ihr wart meine Straßenengel inmitten der Straßenhölle.

Der letzte Besuch. Ich war schwanger in der 20. Woche und erzählte euch stolz, dass ich es geschafft hatte mit dem Rauchen aufzuhören.

Als ich Mutter wurde, quälte mich diese Vergangenheit wieder sehr. Ich bekam eine unerträgliche Angst, dass mein Sohn irgendwann als Hurensohn beschimpft werden könnte. Daher distanzierte ich mich extrem von diesen Schattenzeiten und versuchte den Weg der Selbstverleugnung über Selbstaufgabe. Nun musste meine Vergangenheit wirklich ausgelöscht werden, da ich doch meinen Sohn schützen musste. Nein, eigentlich wollte ich mich schützen. Ich fühlte jahrelang nichts, was diese prägenden Zeiten betraf. Viele Erinnerungen waren sehr diffus oder ausgelöscht. Ich hatte das Gefühl, ein Teil von mir sei abgeschnitten und dürfe nie wieder mit mir assoziiert werden.

Erst die sehr schlimme Lebenskrise letztes Jahr zwang mich wieder sehr viel näher zu den tief verschlossenen Gefühlen und Erinnerungen. Da merkte ich, dass ich diese traumatisierten geprägten Anteile annehmen muss, um wieder gesund zu werden. Als die ersten Fortschritte erreicht waren, nahm ich mir das Telefon und suchte wieder Kontakt zu euch. Dies fühlte sich so richtig an. Etwas in mir machte Freudentänze, dass sie endlich wieder anerkannt und gesehen wird.

Liebe Basics-Betreuer,

ihr wart der bedeutendste positive Part in dieser prägenden Lebensphase. Ich wurde nie auf einen Junkie reduziert und durfte mit euch auf Augenhöhe sprechen. Ihr nahmt auch meine Stärken und Ressourcen wahr. Daher werde ich euch immer im Herzen behalten. Bei aller Professionalität hattet ihr nie bei der Menschlichkeit eingebüßt. Alles Unauthentische und Unwahre hätte ich gespürt. Ich werde mich ewig frei zu euch verbunden fühlen.

Ich würde euch alle so gerne mal wiedersehen und euch fest in den Armen halten.

Aufgebaut

Ich hatte so viel Angst und Befürchtungen zu euch zu kommen. Kalter Entzug in einer klinisch sterilen Umgebung? Am meisten fürchtete ich jedoch Roboter-Menschen, die nur mit einem sprechen, weil sie müssen und nicht, weil sie wollen.

Ich traf jedoch liebevolle und authentische Menschen, an die ich mich gerne zurückerinnere. Die erste Zeit war ich immer sehr schwach, aber dann blühte ich beide Male wieder auf.

Wir waren öfters im Kletterwald und ich entdeckte meine körperliche Kraft und meine Zielstrebigkeit wieder. Im Gelände machten wir Fahrrad-Touren und ich genoss das Erlebnis und das drogenfreie Abenteuer. Abends fuhren wir meist für ausgiebige Spaziergänge ans Wasser. Ich genoss die Sonnenuntergänge und den erdigen Boden an meinen nackten Füßen. Diese Momente erfüllten mich mit Achtung vor dem Leben und tiefer Dankbarkeit. Ich erwachte beide Male wie aus einem Koma.

Der Tag war ausreichend gefüllt mit für mich nützlichen Angeboten. Abends nutzte ich oft die Sauna ganz für mich alleine und weinte dort nicht selten befreiende Tränen. Bei der Ergotherapie verlor ich oft Raum und Zeit. Heute sagt man Flow-Erlebnis dazu. Ich entdeckte bei euch schöne Seiten des Lebens, für die es sich lohnte zu kämpfen.

Ein sicherer Schlafplatz, ein räumlicher Rückzugsort, ein naher „Sanitär-Bereich", die regelmäßigen Mahlzeiten und eine verlässliche Tagesstruktur. Dies war lange keine Selbstverständlichkeit mehr für mich. Um diese Dinge musste mich nicht mehr sorgen.

Aber am wichtigsten wart ihr gewesen. Tag und Nacht hätte ich mich bei euch melden können. Diese Verfügbarkeit war kostbar. Ich musste auch nicht, wie befürchtet, einen kalten Entzug machen. Die einstigen Qualen aus dem Selbstversuch waren noch sehr nah und beängstigend.

Eva, danke für deine Empfehlung, mich zu einer weit entfernten drogentherapeutischen Einrichtung zu schicken. Hier glückte mein Neuanfang. Behandlung von Doppeldiagnosen, 1:1-Betreuung, eigenes Zimmer und kein Eingesperrt-Sein. Ich wollte eigentlich nicht mehr mit Jugendlichen zusammenwohnen, da ich mit Gleichaltrigen schwer zurechtkam. Die erste drogentherapeutische Einrichtung schlug diesbezüglich tiefe Wunden und hinterließ Narben. Diesen Kompromiss musste ich jedoch eingehen und meisterte diese Herausforderung letztendlich recht gut. Du äußertest Hochachtung vor meiner Vergangenheit. Ich musste einen Lebenslauf schreiben und empfand diesen selbst gar nicht so sonderlich, da ich dachte, dass es den meisten hier wohl genauso ginge. Du warst aber irgendwie beeindruckt von der Selbstreflexion und dem Ausdruck. Dies begegne dir wohl äußerst selten. Das besondere in deinen Augen und dein warmes und zartes Einfühlungsvermögen ließen mich in deiner Gegenwart zur Ruhe kommen. Zugleich beeindrucktest du mich mit deinem Selbstbewusstsein, deiner ausdrucksstarken Weiblichkeit und deinem weisen Abgrenzungsvermögen.

Bei der zweiten Entgiftung erinnere ich mich nur, dass ich in einem Bett mit Zugang und Tropf aufwachte und ohne Lippen-Piercing. Ich kam mit einer Überdosis rein, da ich die restlichen Flunis wegen Torschlusspanik alle gleichzeitig geschmissen hatte. Laut euren Aussagen, stand es wohl kritisch um mich. Ihr hattet mich wohl fast auf eine ITS verlegen wollen. Aber mein Herz- Kreislauf-System kam wieder langsam auf die Beine. Es quälten mich jedoch sehr häufig dissoziative Krampfanfälle. Ich spürte schon eine halbe Stunde vorher, dass sie kommen. Ich fing an zu schwitzen, mein Herz raste und ich spürte jeden Herzschlag. Irgendwie schien mein Hirn wie bei einem Systemabsturz einfach auszusetzen. Nach den Anfällen spürte ich jedes Mal eine Erleichterung. Wie die Ruhe nach einem turbulenten Sturm auf See. Sehr häufig durchlebte ich unheimlich schlimmen Suchtdruck. Trotz des warmen Entzuges musste auch mal spucken, frieren, schwitzen, hatte dauerhaft Alpträume und Schlafprobleme, extreme Unruhezustände, Angst, Verzweiflung und Mutlosigkeit. Einige Tage hatte ich schlimme Lachkrämpfe und anschließend eine schlimme depressive Phase. Mein ganzer Hormonhaushalt bzw. Dopaminhaushalt war völlig im Ungleichgewicht. Ich wartete 4

Monate auf meine Regel. Gott sei Dank war ich nicht schwanger.

Ihr hattet mir Schutz geboten, als ich mich selbst noch nicht schützen konnte. Ein Patient schikanierte und beschimpfte mich so arg, dass ich weglaufen wollte. Als er sich nach einer Verwarnung nicht besserte und es zwischen uns zu Handgreiflichkeiten kam, hattet ihr ihn entlassen. Dies bedeutete mir unendlich viel. Auch als mich ein anderer Patient ständig an den Hintern grabschte, hattet ihr für mich die Grenzen gezogen. Ich war nur in Schockstarre, welches sich in einem dissoziativen Krampfanfall wieder auflöste. Ich war unfähig mich selbst zu schützen bzw. selbstwirksam zu agieren.

Aber ich lernte auch wunderbare Mitpatienten kennen, die mich schätzten und respektieren. Sie missbrauchten nie meine Schutzlosigkeit für ihre Selbstaufwertung. Der Abschied von diesen Menschen war unheimlich schmerzhaft.

Beim zweiten Aufenthalt wirkte ich wohl zickiger und wehrhafter bzw. unangepasster. Dies war aus eurer Sicht ein enormer Fortschritt. Wow, das erste Mal würdigte jemand bewusst mein Autonomiebedürfnis. Auch, als meine Abgrenzungsversuche noch sehr holprig waren.

Ich blühte wieder auf. Doch dann rückte wieder der Abschied nah und ich wusste, dass dieser der Letzte sein würde. Einen dritten Anlauf hätte ich nicht mehr geschafft. Alles setzte ich nun auf den weit entfernten Neuanfang.

Der Abschied war unheimlich schwer für mich auszuhalten, da ich Vertrautes und Liebgewonnenes hergab für Neues und Ungewisses. Wie oft musste ich diesen Schritt nun schon gehen?

Tagebucheintrag zweite Entgiftung:

Auf der einen Seite will ich STERBEN, auf der anderen Seite LEBEN. Warum sterben? Ich denke, ich kann es nicht mehr auf dieser Welt aushalten, bzw. mich anpassen. Warum will ich mir wehtun? Aus Wut, Trauer oder aus Hilflosigkeit, dass ich bestimmte Dinge nicht ändern konnte bzw. kann? Aber warum sich verletzen? Im ersten Moment entlastet es mich von dem nicht Aushaltbarem. Es ist wie eine Sprache oder ein Ventil. Doch letztendlich lässt mich dies nur hässlich werden. Vielleicht weil ich innerlich hässliche Seiten habe, die sich manifestieren wollen? Wie finde ich eins mit meinem Körper und meiner Seele? Ich lebe irgendwie so getrennt? Meine Seele leidet und mein Körper soll mitleiden? Seit Tagen habe ich wieder Druck und Gedanken mein Essverhalten akribisch zu kontrollieren. Und auch Gedanken dem Alptraum einfach ein Ende zu setzen. Wie werden wohl die nächsten Tage? Mit Micha konnte ich mich wenigstens gut ablenken und hatte Riesenspaß. Jetzt ist er nichtmehr bei mir. Hilfe!!! Helft mir doch! Aber wie bloß???

Eingesperrt

Wenn ich an euch zurückdenke, empfinde ich leider keine Dankbarkeit. Ich entdecke bei mir Gefühle wie Frustration, Einsamkeit, Hilflosigkeit, Ausgeliefertsein und Ersticken. In eurem Käfig stand ich unter Dauerbeobachtung und Dauerstress.

Mitte Oktober. Aufnahmetag. Alle meine wenigen Habseligkeiten wurden bis ins kleinste Detail gefilzt. Ich musste mich nackt unter Beobachtung duschen, da ich ja vielleicht etwas zwischen den Pobacken mitreinschleusen könnte. Dies war unheimlich beschämend für mich.

Gemäß meiner Wahrnehmung herrschte keine Willkommens- oder Eingewöhnungskultur. Im Gegenteil. Misstrauen und Kontrolle. Handys wurden eingezogen. Die einzige Möglichkeit mit der Außenwelt in Kontakt zu treten, bestand im Briefe schreiben auf Antrag. Diese Briefe, sowie eingehende Post wurden vorher von euch durchgelesen. Auch CD`s wurden geprüft, ob die Inhalte der Musik auch „clean" seien. Im Außengelände durfte man sich nur innerhalb eines festgelegten Bereiches bewegen. Tagsüber durfte man nicht in sein Zimmer, welches ich die meiste Zeit sowieso mit drei anderen Leuten teilte. Tat man dies doch heimlich, wurde dies nicht selten Gegenstand einer zweistündigen Gruppendiskussion.

Diese Gruppe bestand immer aus etwa 30 Personen, wobei mehr als zwei Drittel pubertierende Bengel waren.

Diese Diskussionen waren fast immer ergebnislos. Zumindest aus meiner Sicht. Ich nahm vorranging Beleidigung, Entblößung, Verurteilung und Anklage wahr. Selten konstruktive Kritik, Wertschätzung, Respekt oder Akzeptanz. Diese Kindergartenwortgefechte fanden zu jeder Uhrzeit statt.

Nicht selten auch mal für 1-3 Stunden in der Nacht. Einzeltherapien gab es nicht. Einmal in der Woche fand lediglich eine überschaubare Mädchenrunde in gemütlicher Atmosphäre statt. Die Gespräche in dieser Runde waren zu meiner Erleichterung meist vertrauensvoll und konstruktiv.

Der gesamte Tag war durchreglementiert. 6:00 Uhr wurden alle aus dem Bett gescheucht. Gedrängel in den Gemeinschaftsbädern. 7:00 Uhr Pflicht-Spaziergang. Nachfolgend durchlief man diverse Pflichttherapien. Mittagessen. Dann wieder Putzalarm. Folglich ausgewählte Pflichtfreizeitaktivitäten. Zwischendurch nervige Gruppenwortgefechte. Nach dem Abendbrot die reguläre Abendrunde. Lediglich abends von 20-22 Uhr durften wir uns in die Gemeinschaftszimmer zurückziehen. Dies tat ich immer, aber dann hieß es ja, dass ich mich ausgrenzen würde. Ich suchte einfach Ruhe und eine räumliche Möglichkeit mich abzugrenzen. Stundenlang puzzelte und schrieb ich während dieser Zeit.

Man musste sich immer der problembehafteten Gruppe unterordnen. Tat man dies ansatzweise nicht, durfte man

sich von der versammelten Mannschaft so einiges anhören. Ich fand gedanklich so nie zur Ruhe. Die Gruppe
wechselte wegen ständiger Neuaufnahmen und Abbrü-
chen permanent die Mitglieder. Ich versuchte so ange-
passt wie nur möglich zu sein, da ich noch mehr Beschä-
mungen und Verletzungen vermeiden wollte. Die Ausdrücke "Ausgeleierte Fotze" und "Crack-Bitsch" durfte
ich mir oft anhören. Einmal bekam ich während einer
langen Gruppendiskussion einen Hörsturz. Ich hörte 2-3
Minuten nichts.

In diesem Haus stand ich unter Dauerstrom. Die bulimi-
schen Ausmaße wurden unerträglich. Als ich dies von
mir preisgab, wurde ich extrem kontrolliert. Ich fühlte
mich, als würde ich ersticken. Das, was mir noch Halt
und Orientierung gab, wurde mir nun auch noch entris-
sen. Die Kotzerei wurde viel von Mitpatienten belacht.
Und einige machten es sich zum Hobby, mit ihrer Kontrolle mich zu schikanieren.

Lediglich Sarah und Michael, zwei meiner Mitpatienten,
vertraute ich. Und Judith einer Betreuerin. Sie war die
Einzige, die mein Leiden mit der Essstörung ernst nahm,
da sie dies verstand. Sie selbst überlebte jahrelang diesen
Alptraum. Sie setzte sich auch für einen Therapiewechsel
ein, welches jedoch als nicht erforderlich abgetan wurde.
Ich sei „bloß" heroinabhängig und würde das andere nur
vorschieben. Dass hier eine Suchtverlagerung stattfand,
sah ich ein. Die Essstörung begann jedoch schon mit 13
Jahren. Den ersten Kontakt mit Heroin hatte ich erst mit

16. Ich flehte um einen Therapiewechsel, da ich drohte zu ersticken. Auch die schweren depressiven Schübe sprach ich einmal an. Aber nur einmal. Ich solle mich nicht so anstellen und ich würde doch nur den Weg des geringsten Widerstands suchen. Okay gut, dann war ich halt alleine mit meinen zerstörerischen zwanghaften Gedanken.

Ich fühlte mich wie in einem Gefängnis, welches ganz genau definiertes Vieh züchten wollte. Ohne mich. Aber ich durfte bei euch auch wertvolle Selbsterfahrungen machen. Auch wenn ich es ungern zugebe, wart ihr ein wichtiger leidvoller Zwischenschritt auf meinem Weg. Ich erkannte mich bei euch ein Stück mehr.

Ich entdeckte z.B. wieder das Klavier spielen und Singen für mich. Alle waren verwundert, dass ich Noten lesen und danach spielen konnte. Bei einigen Mitpatienten weckte ich das Interesse auch Klavier zu spielen. Mit einem Mitpatienten saß ich stundenlang am Klavier, um ihm Stücke beizubringen. Wir verknallten uns ein wenig ineinander. Er war schon lange auf Therapie. Niemand hätte gedacht, dass er von einen auf den anderen Tag verschwinden würde.

Den ersten Rückfall hatte ich nach 5 Wochen. Wir fuhren zum Kino in die Stadt. Ich zog mir bereits mehrere Lagen Kleidung an. Es war mittlerweile schon Anfang November. An einer Haltestelle wartete ich bis das Zeichen kam, dass sich die Türen schließen. Düd düd düd und schon sprang ich raus. Die Türen schlossen sich, bevor überhaupt jemand mitschneiden konnte, dass ich draußen stand. Als Gruß demonstrierte ich provokant meinen Mittelfinger. Ich war sofort im Beschaffungs- und Konsummodus. Wie ein Schalter, den ich in meinem Kopf umlegte. Zwei Tage später traf ich zwei Mitpatienten am Busbahnhof. Sie waren auf der Suche nach mir und redeten auf mich ein. Ich entschloss, diesem Schwachsinn nochmal eine Chance zu geben. Die gerade noch erworbenen 50 Euro wurden eingezogen. Ich empfand es sehr ungerecht und beschämend, dass mir das schmutzige Geld weggenommen wurde. Ich bat Martha, dass sie dies wenigstens dem Frauenprojekt (geschützte Räume für abhängige Prostituierte) im Sperrgebiet spendet. Martha tat dies Gott sei Dank. Wieder in der „Villa" zurück, saß ich auf der Anklagebank und 30 Mann kotzten ihren Müll auf mir aus. Wieder filzen und unter Beobachtung duschen. Diesmal war es okay, da Sarah die Funktion der Filzerin übernahm. Ich bereute es, dass ich dort wieder zurückkehrte.

Nach einiger Zeit musste ich bei Veranstaltungen meine Geschichte vor vielen fremden Menschen erzählen. Ich interpretierte dies später als Strategie, mit der ihr Spender und Sponsoren gewinnen wolltet. Es wurde mir jedoch als Teilfortschritt der Therapie erklärt. Vielleicht irre ich mich.

Während des zweiten Rückfalls im Winter entwickelte sich bei mir ein neuer Plan. Ich plante den einzigen Versuch, ohne stationäre Drogentherapie etwas auf die Reihe zu bekommen. Ich musste nur warten bis ich 18 wurde. Ich verriet niemandem von meinen Plänen.

Der 18. Geburtstag, sowie Weihnachten und Silvester waren grauenvoll. Ein wilder egozentrischer Haufen. Auf das Individuum wurde nie Rücksicht genommen, auch nicht an einem Geburtstag. Ich machte 10 Kreuze, als ich diese Tage überstanden hatte.

Den Samstag nach meinem Geburtstag verließ ich die Villa, ohne eine einzige Träne zu vergießen. Michael bekam als einziger mit, dass in meinem Kopf etwas vor sich lief. Ich verriet ihm am Samstagmorgen meine Pläne. Er wollte miteinsteigen und schlug vor, dass wir vorerst bei seiner Mutter unterkommen könnten. Als die Pause vom Hausputz begann, flüchteten alle nach draußen zum Rauchen. Wir holten unsere Taschen und spazierten einfach aus der großen Tür, ohne dass jemand dies merkte.

1. Tagebucheintrag

Der Tag heute war wirklich in Ordnung. In der Mädchenrunde konnte ich die Essstörung offen ansprechen und habe gemerkt, dass mir dies sehr guttat. Thema war auch die aktuelle Mädchensituation in der Gruppe. Bei Sarah und Noemi gewinne ich mehr Zuneigung und Vertrauen. Lea labert den ganzen Tag nur Müll. Und Johanna könnte mal etwas authentischer wirken und aufhören etwas zu suchen, was sie bei mir nie bekommen wird (Liebe und Anerkennung durch Geschenke und körperlicher Nähe).

Bei dem Rollentest merkte ich, dass ich eher die Rolle der ernsthaften, vernünftigen, sachlichen und vertrauensvollen Mitpatientin innehabe. In Sachen Scheiße bauen und Spaß haben, stehe ich kein Mal dabei. Naja, ich kann eben nur eins leben. Entweder total unkontrolliert oder extrem kontrolliert.

Das Mittagessen kotzte ich heute aus. Es waren Nudeln und einfach zu viele. War dann noch beim Doc hier wegen meiner Erkältung. Seine Worte machen mich jetzt immer noch nachdenklich. Ich habe das Gefühl, dass ich sie langsam begreife: "Akzeptier dich und sehe dich und das Leben gelassener. Akzeptier deine Essstörung und nimm sie nicht so ernst. Je mehr Beachtung du ihr schenkst, umso schlimmer wird es. Geh offen damit um und schäme dich nicht dafür. Denn das gehört zurzeit zu dir. Du bist gut, so wie du jetzt bist. Sei nicht zu streng

mit dir selber. Jeder Mensch braucht Hilfe vom Gegen-
über, anders kann er nicht überleben. Deswegen sprich
über das, was dich belastet und dir weh tut, dann kann
dir geholfen werden." Ich finde diese Ansicht sehr gut,
jedoch wird dies hier nicht umsetzbar sein. Grundlage
hierfür wäre gegenseitiges Vertrauen, Respekt, Toleranz
und die Option sich abgrenzen zu können.

Das Musikmachen war auch richtig super heute. Ich be-
kam dabei aber auch große Sehnsucht nach Familie und
einem Zuhause.

Mit Michael konnte ich noch den ganzen Abend rumal-
bern, was einigen auf den Kranz ging. Aber mir egal. De-
nen bin ich ja sowieso vollkommen egal.

Ich denke übrigens so über die Sucht. Dem abhängigen,
bedürftigen Anteil, der in jedem von uns wohnt, wurde so
viel Leid zugefügt, dass dieser unterentwickelt auf der
Strecke blieb. Dieser Anteil erfuhr keine schützende und
helfende Begleitung, um wieder heilen zu können. Nun
musste über Verleugnung versucht werden, dass dieser
Anteil für einen selbst nicht mehr spürbar ist, um überle-
ben zu können. Dieses Ungleichgewicht versuche ich
über die Sucht zu kompensieren. Hoffentlich gelingt es
mir irgendwann den Zugang zu diesen Anteilen wieder-
zufinden, damit sich diese mithilfe von sicheren Bin-
dungserfahrungen weiterentwickeln können.

2. Tagebucheintrag

Heute gabs eine Gruppe wegen mir, da bei mir Teebeutel und Zigarettenstummel gefunden wurden. Meine Lieblingsbetreuerin machte mir die Hölle heiß mit: "Du zählst ja sowieso alle Kalorien". So ein Müll. Völlig sinnlos gewesen.

Bei der Abendrunde fragte sie mich, ob ich wieder kotzen war. Ich nickte und dachte dabei an die Worte von dem Doc. Ich sollte dann auf einmal jedem ein schlechtes Feedback geben, ohne mich anschließend zu entschuldigen. Ich wolle es ja ständig jedem recht machen oder ich tanze völlig aus der Reihe. Mit einer Doppeldiagnose soll ich es wohl aber auch nicht so einfach haben. Ja super, diese Erkenntnis bringt mich auch nicht weiter. Lasst mich doch einfach kotzen. Ach ja, diese Ausdrücke durfte ich mir auch noch anhören: Kontrollfreak, Perfektionistin, Rechtmacherin, Angepasste und unschuldiges Mäuschen. Ich solle mich doch endlich ändern. Echt sein, Konflikte eingehen und austragen, nichts verstecken, mich durchsetzen usw. So werde ich irgendwann lernen mir selbst zu trauen, mich anzunehmen und schließlich anderen zu vertrauen... Na mal sehen... Ist schon was dran.

3. Tagebucheintrag

Beim Praktikum habe ich heute jemanden voll an den Karren gepisst. Der Spacken glotzte mich die ganze Zeit an. Er ist dann total rot geworden und konnte nicht mehr

trinken. Alles danebengelaufen. War das jetzt in Ord-
nung? Naja mir jetzt auch Wurst. Aber trotzdem: Ich
muss wieder abnehmen. Ich muss geben, geben, geben
und never nehmen. Nur das Allernötigste. Ich schäme
mich sowieso immer dafür, wenn ich was esse. So unkon-
trolliert und gefräßig.

Brief an Michael. Ein Tag vor meinem zweiten Rückfall:

Lieber Micha,

ich weiß, es ist doof, dass ich dir nichts erzählt habe.

Doch ich musste das tun, da mein Kopf und meine Ge-
fühle keinen anderen Ausweg mehr sehen. Ich halte es
hier nicht mehr aus. Ich muss wenigstens für einen Tag
mal meinen Kopf frei bekommen.

Ich will auch nicht mehr weiterleben mit dem Kopfgefi-
cke, der Kotzerei, der Kontrolle, der Scham und diesem
schlechten Gewissen. Ich will lieber Drogen nehmen, als
mich so weiter zu quälen.

Der Wunsch nach einem Therapiewechsel wird mir hier
ausgeredet. Ich habe keine andere Idee, wie ich ein Zei-
chen setzen kann. Ich fühle mich hier zu kurz gekommen
und unter Dauerstress. Permanente Überforderung,
keine Rückzugsmöglichkeiten und nie Ruhe. Muss ich
erst ein Knochengerippe sein und Blut spucken bis man
mich ernst nimmt? Ich brauche so dringend Hilfe wegen
der Kotzerei. Ich will damit nicht mehr leben. Ich fühle

mich hier fremd, nicht ernst genommen und unverstanden. Ich gehe hier unter und keiner bemerkt das. Ich zittere oft, weil ich soviel Stress hier habe.

Habe auch übelst Angst vor meinem 18. Geburtstag. Angst, vergessen zu werden und unwichtig zu sein. Auch an diesem Tag wird hier keiner Rücksicht nehmen. Und mit 18 bin ich dann wirklich komplett auf mich alleine gestellt. Ich habe riesige Panik davor. Keiner muss sich mehr um mich kümmern. Wenn ich unter der Brücke verrotte, interessiert dies keine Sau.

Ich hoffe du bleibst hier in der Zeit, wo ich weg bin. Ich muss nachdenken, wie ich meine Leben noch lenken kann. Wenn du bleibst, werden wir uns 100%ig wiedersehen. Auf jeden Fall zu meinem 18. Geburtstag.

Bis dann, deine Emma HDMDL

Erdrückt

Es fällt mir schwer dich zu respektieren. Mir fällt auf, dass ich mich gerade innerlich schützen muss. Du warst ein wirklich hässlicher Energievampir. Als ich dich das erste Mal traf, wirktest du offen, tolerant und freundlich. Meine Hoffnung war, dass wir beide in einer WG gut funktionieren.

Das „Basics" half mir, nach Abbruch meiner ersten Drogentherapie, bei der Suche nach einer betreuten Wohngemeinschaft. Ziemlich zügig wurden wir fündig. Das Jugendamt stimmte auch sofort zu. Ich fand das Konzept wirklich gut. Man durfte alles alleine regeln und bestimmen. Je nach Bedarf hatte man eine Bezugsperson, die einem bei alltäglichen Aufgaben und Problemen half. Freitagabends kochten und aßen wir gemeinsam. Dies sollte eine wöchentliche Feedback-Runde sein.

Ich schlief lediglich auf einer Matratze, besaß eine Kommode und einen Fernseher. Das genügte mir vorerst auch. Ich war tagsüber sowieso sehr beschäftigt. Sämtliche Ämtergänge, Arztbesuche, Suche nach einem ambulanten Therapieplatz, Suche nach erschwinglichen Freizeitaktivitäten und einem Ausbildungsplatz liefen anfangs auch gut. Innerlich war ich jedoch sehr einsam. Mir fehlte es an Wurzeln und einem sicheren sozialen Netz.

Anfangs redeten wir viel miteinander und vereinbarten ein paar WG-Regeln. Eigentlich waren es nur deine Regeln. Nach einiger Zeit fingst du an mich zu kontrollieren und anzuklagen. Du warst extrem reinlich, sodass ich Angst bekam, irgendwo einen Krümel zu hinterlassen. Ich durfte keine Leute einladen, geschweige sie auf unser Klo lassen. Ständig schnurrtest du Zigaretten von mir. Aus Angst widersprach ich dir nicht. Ich war auf das Zimmer angewiesen, daher tat ich alles, was du wolltest und fühlte mich letztendlich wieder fremdbestimmt. Auch als ich Pfeiffesches Drüsenfieber hatte, kamst du 5 Uhr morgens in mein Zimmer reingeplatzt und wolltest eine Kippe. Geht's noch? Auch konnte ich nicht mehr in Ruhe kotzen gehen. Du wärst Amok gelaufen, wenn du das nur ansatzweise gerochen hättest. Selten warst du unterwegs, sodass ich fast nie meine Ruhe hatte.

Hinzu kam, dass mich das Arbeitsamt zu einer Maßnahme inmitten meines alten Drogenmilieus schickte. Jeden Tag musste ich stark sein und zielgerichtet durchs alte Milieu laufen. Irgendwann traf ich zwangsläufig alte Freier auf dem Weg zur Maßnahme. Erst wimmelte ich sie ab. Schließlich traf ich mich jedoch mit einem alten Stammkunden. Ich hatte plötzlich wieder das Gefühl von Kontrolle und vertrauten Abläufen. Zwar fühlte ich mich mies, danach aber auch ein wenig stolz. Ich war wieder jemandem etwas wert. Mit dem schnellen Geld kaufte ich mir Haufen neuer Klamotten und ließ mir ein Lippen-Piercing stechen. Ich wollte nicht mehr das liebe, kleine, angepasste Mäuschen sein.

Diese Veränderung bemerktest auch du. Du machtest dir angeblich Sorgen. Plötzlich fing ich an, dir zu widersprechen und dich zu ignorieren. Ich gab dir keine Kippen mehr und wurde verbal sehr wehrhaft. Du drücktest mich gegen die Wand und würgtest mich. Nicht doll, jedoch empfand ich dies extrem bedrohlich, sodass ich nur noch mein Zimmer abschloss. Du brülltest bedrohliches Zeug und tratst gegen die abgeschlossene Tür. Ich kauerte in der Ecke meines Zimmers. Du drohtest, mich krankenhausreif zu schlagen. Dieser Angst wurde ich nicht mehr Herr. Ich packte die nötigsten Sachen und flüchtete in mein altes Leben.

Diese Wohnung betrat ich nie wieder. Ja stimmt, du hattest es auch nie leicht. Aufgewachsen im „Ghetto", scheiß Kindheit, alles sei wohl immer verdreckt, arm und heruntergekommen gewesen. Du erzähltest mir, dass Gewalt keine Seltenheit war. Einmal wurde ein Stück Ingwer an deiner Vagina als Bestrafung verrieben. Ja, krasse Story. Aber alles in allem interessierte mich dein Leid nicht mehr, da du mich in große Bedrängnis brachtest und viel Leid zufügtest. Daran war ich nicht schuld. Ich hatte es nicht verdient, so von dir behandelt zu werden. Du hattest dich öfters für deine aggressive Art entschuldigt, aber geändert hatte sich nichts.

Wertgeschätzt

Mich würde sehr interessieren, wie es dir gerade geht. Ob du mit deinem Leben, egal wie es ausschauen mag, zufrieden bist. Dieses würde ich dir von Herzen wünschen.

Eine Zeit lang durfte ich viel Zeit mit dir verbringen. Wir lernten uns während meiner ersten Entgiftung kennen. Du warst der Einzige, der Vernunft und trotzdem eine Menge Humor an den Tag legte. Diese Kombination machte dich so interessant. Ich erlebte mit dir so viel Spaß und Abenteuer, führte aber auch vertraute tiefgründige Gespräche.

Gemeinsam verband uns eine christliche intensive Vergangenheit. Du warst auch Feuer und Flamme für Jesus und sogar Jugendleiter gewesen. Auch du wurdest sehr von christlichen Gruppierungen enttäuscht. Ich musste mich daher bei dir selten erklären.

Deutlich näher kamen wir uns aber erst während der gemeinsamen Drogentherapie. Wir spendeten einander Trost und motivierten uns bei der Drogentherapie voranzukommen und nicht zu flüchten. Eine Zeit lang bekamen wir sogar Kontaktverbot auferlegt, da jemand meinte, wir hätten eine sexuelle Beziehung miteinander. Damit wurde mir ein Halt weggerissen, denn du warst der Einzige in dem wilden Haufen, der mich wahrnahm und schätzte.

Gemeinsam durften wir wenigstens vormittags ein Praktikum in einem Handwerksbetrieb machen. Du gingst in dieser Tätigkeit total auf. Für mich war dies nur eine Möglichkeit, Abstand vom „Irrenhaus" zu bekommen. Wir wuchsen immer enger zusammen. Vor meinem zweiten Rückfall schrieb ich dir einen Brief, wo ich meine Entscheidung bzw. meinen Hilfeschrei erklärte. Ich wollte nicht, dass du deine Entscheidungen abhängig von meinen machst. Kurz nach meinem 18. Geburtstag verließt du trotz dessen mit mir zusammen das „Irrenhaus". Ich erinnere mich noch an das Adrenalin und das befreiende Gefühl, als wir vollgepackt zur 20 Minuten entfernten Bushaltestelle liefen.

Deine Mutter war entsetzt, als wir vor ihrer Tür standen. Sie ließ uns aber hinein und fragte, was denn nun unsere Pläne seien. Ich brauchte eine Schlafmöglichkeit bis ich in eine betreute WG unterkommen würde. Unterstützung bräuchte ich noch, jedoch dürfe mein Tag nicht mehr komplett fremdbestimmt werden. Das würde ich nicht nochmal über mich ergehen lassen. Das „Basics" würde mir bestimmt bei meinem Vorhaben helfen können. Aber bis es soweit war, durfte ich bei dir mit im Zimmer übernachten. Ich erinnere mich gern daran zurück. Du hattest ein eigenes Bad und wir waren immer sehr ungestört. Der Klodeckel dürfe niemals offengelassen werden, sonst würden nachts Ratten rauskriechen. Du Spinner.

Die Beziehung zu deiner Mutter war schwierig und sehr konfliktreich. Dir war klar, dass du so schnell wie möglich was Eigenes brauchtest.

Anfang 20 und eine abgebrochene Lehre. Du flüchtetest in die Raver-Szene. Deine Ansichten waren sehr rechtslastig, da du sehr schlimm von ausländischen Mitbürgern zusammengeschlagen wurdest. Diese Einstellung missfiel mir trotz allem. Ein Betreuer in der Drogentherapie ging mit seiner Homosexualität ganz offen um. Dies war schwer für dich auszuhalten. Es gab deswegen schlimme Konfliktsituationen. Du reagiertest schon extrem gestresst, wenn der Betreuer dich nur kurz anschaute. Permanent fühltest du dich von ihm belästigt. Bei dem einzigen liebgemeinten Körperkontakt, der zwischen euch vorkam, flipptest du enorm aus. Ich erkannte dich gar nicht mehr wieder und ich sah auch große Angst in deinen Augen.

Irgendwann merkte ich, dass du vermehrt körperlichen Kontakt zu mir suchtest. Ich reagierte darauf mit Distanz. Auch fingst du an vermehrt zu trinken. Einige Wochen mied ich dich, da ich clean bleiben wollte. Als es bei mir wieder deutlich bergab ging, trafen sich unsere Wege wieder. Du hattest in meiner WG übernachtet und warst ganz entsetzt von meiner Mitbewohnerin. Sie verbat dir das Bad zu benutzen. Das kranke Miststück. Eigentlich wollte sie gar nicht, dass überhaupt irgendjemand die 2er-WG betrat. Um mir den Stress mit ihr zu ersparen, wolltest du nicht mehr bei mir übernachten.

Wir konsumierten Gras und Alkohol zusammen. Einmal auch Crack. Du warst mittlerweile in einer Obdachlosenunterkunft, da deine Mutter dich aus der Bude rauswarf.

Es war die Hölle für dich. Einmal war Kain mit in meiner neuen WG und wollte sich einen Schuss setzen. Ich sagte: „Nicht hier". Kain wurde aggressiv, aber rechnete nicht mit deiner Reaktion. Er war sehr beeindruckt von deiner plötzlichen Türstehermentalität. Danke, dass du an dem Abend da warst.

Während meiner zweiten Entgiftung kamst du mich einmal nachts besuchen. Wir setzten uns nachts draußen auf eine Bank. Du rauchtest noch eine großzügige Jolle. Ich bekam Angst, ob man das Passivrauchen in der Urinkontrolle sehen würde. Wir kuschelten noch ein wenig. Nicht, weil ich dies auch genoss, sondern weil ich dir viel schuldig war. Die restlichen Stunden bis zur ersten Bahn in der Frühe penntest du in meinem Patientenbad. Du hattest dich in mich verliebt. Aus Mitleid gab ich dir einen Abschiedskuss. Ich wusste, dass wir uns vielleicht nie wiedersehen würden.

Während meiner zweiten bzw. letzten Drogentherapie, besuchtest du mich einmal. Du hattest nun eine Ausbildung angefangen und warst frisch verliebt. Ihr wart auch schon zusammengezogen. Ein Jahr später erzähltest du mir, dass du Vater geworden warst. Gott sei Dank lief alles gut.

Als ich meine Ausbildung abgeschlossen hatte, trafen wir uns noch einmal. Es ging dir nicht gut. Nur Streit mit deiner Freundin. Du beichtetest mir, dass sie Borderlinerin sei und sie dich mit ihrer krankhaften Eifersucht und Kontrolle in den Wahnsinn treiben würde. Diesen Frust reagiertest du mit selbstverletzenden Verhalten ab. Dieses kurze Treffen war leider unsere letzte Begegnung.Hatte ich dich ausgenutzt? Als es mir schlecht ging, warst du immer an meiner Seite. Zur Entgiftung schenktest du mir einen Schutzengel. Ich behielt diesen Engel 8 Jahre bei mir.

In dem Moment, als bei dir die Gefühle für mich anders wurden, schob ich dich weg. Körperkontakt empfand ich plötzlich als sehr unangenehm, da sich diese Berührungen nicht mehr vertraut anfühlten. Ich wollte deine Gefühle nicht ausnutzen, war aber auch enttäuscht und wütend, dass sich diese Gefühle bei dir entwickelten.

War das fair von mir gewesen? Mich hätte so etwas sehr verletzt. Es tut mir leid Michael. Ich wünsche mir, dass du eine liebevolle Frau an deiner Seite findest, die deine Zuneigung erwidert und dein großzügiges gebendes Wesen nicht ausnutzt.

Nachwort

…ich ließ die Person aus dem braunen Lederkoffer hinaus und fing an ihr zuzuhören. Diese Person aus dem Koffer war abgemagert, dürr und blutete aus allen Körperöffnungen, auch aus den Ohren und den Augen. Die Haare legte sie vor ihr Gesicht, sodass ich sie kaum erkannte. Sie war nass, kalt und roch wie gewaschene Wäsche, die man vergessen hatte aus der Waschmaschine zu holen. An ihrem Körper klebten Spermareste. Ich schlug vor, dass sie sich doch mal waschen könnte. Nein, ich solle sie doch endlich mal ansehen und so annehmen wie sie jetzt gerade ist. Ich sollte mich doch bitte nicht mehr für sie schämen.

Sie braucht mich jetzt und meine bedingungslose Nähe. Ich fühlte mich plötzlich unendlich schuldig, sie so verleugnet zu haben. Sie sagte aber, dies sei okay und in den letzten 10 Jahren notwendig und richtig gewesen. Erst jetzt könne ich ihr so begegnen, wie sie es braucht.

Über das Schreiben gebe ich nun diesem früheren Ich eine Plattform sich auszudrücken. Zudem ermöglicht es mir, mein Leben mir und anderen begreifbar zu machen. In den letzten Wochen des Schreibens befand ich mich nicht selten im Tal der Tränen. Jedoch war dies auch eine Chance, die bedrohlichen Erlebnisse sichtbar zu machen und diesen in meinem jetzigen „normalen" Leben eine Daseinsberechtigung zu bieten. Somit wurden diese Kapitel großartige Gemälde in meinem persönlichen Lebensatelier. Alles was geschehen ist, hat Anteil an dem, was ich heute bin. Auch die dunklen und schwierigen Kapitel. Mir ist es gelungen, für diese dunklen Kapitel eine Sprache zu finden, worüber ich zuvor immer geschwiegen hatte. Oft wurde ich auch sehr positiv überrascht. Verkapselte Energien setzten sich frei, wodurch die ich mein jetziges Leben intensiver und erfüllter wahrnehme. Das bessere Verständnis für meine eigene Lebensgeschichte hilft mir im Hier und Jetzt bewusster zu handeln und klarer in die Zukunft zu blicken. Ich verstehe besser woher ich komme, welche Erfahrungen mich geprägt haben und welche Begegnungen bedeutsam für mich waren.

Hauptsächlich dient daher das Schreiben zur Verarbeitung und Integration gewisser Lebensabschnitte und die damit verbundenen Persönlichkeitsanteile. Ich erfahre mehr Lebensqualität durch das Gefühl von Selbstwahrnehmung, Selbstakzeptanz, Selbstachtung und Verbundenheit bzw. Einigkeit.

Ein tiefer Wunsch ist aber auch, Betroffenen mit ähnlichem Leidensweg eine Sprache für ihre Gefühle und ihr Erleben zu geben, solange sie dies noch nicht selbst beschreiben können. Auch Angehörigen und Helfenden, die professionell mit betroffenen Menschen zu tun haben, möchte ich hiermit eine Hilfsbrücke für mehr Verständnis und Mitgefühl bauen.

Damals hätte ich mehr Begegnungen gebraucht, die Verständnis, Mitgefühl und Worte für mich und meine damalige Situation aufbringen hätten können.

Drogenabhängigkeit ist eine Erkrankung und kein Ausdruck von zu wenig Selbstdisziplin oder Schwäche. Und das Leid und die Qualen dieser Erkrankung sind riesig. Habt ihr jemals einen Junkie gefragt, wie er dort hineingerutscht ist? Nicht selten traf ich ehemalige Wohlhabende und Leistungsträger der Gesellschaft. Nach schweren Schicksalsschlägen erhielten sie wenig bis gar keinen Halt oder Unterstützung von gesellschaftlicher oder familiärer Seite. Oder sogar noch schlimmer. Als sie nicht mehr funktionierten, weil sie ausgebrannt und depressiv waren, gab man Ihnen noch einen Arschtritt dazu.

Folgende Wunschvorstellungen habe ich für meine Leidensgenossen: **Ihr seid unter uns willkommen und ihr seid genau richtig, so wie ihr jetzt seid. Die Sucht gehört gerade zu euch. Einem körperlich Erkrankten würden wir auch nicht an den Kopf werfen, dass er doch jetzt endlich mal gesund zu sein hat. Ganz klar, wir würden uns freuen, wenn ihr es schafft, abstinent und damit selbstbestimmter zu leben. Wir zwingen euch jedoch nicht, dass ihr euch ändert und abstinent lebt. Ihr gehört als „Schattengestalten" der Gesellschaft genauso dazu, wie die Lichtgestalten. Wir verurteilen euch nicht, sondern möchten eure Erkrankung akzeptieren. Für euch errichten wir Räume, wo ihr konsumieren dürft, ohne Angst vor Abwertung oder Strafe. Und Räume, wo ihr euch ausruhen und stärken könnt. Erst wenn wir euch an- bzw. unter uns aufnehmen, können wir gemeinsame Wege finden.**

Ich für mich sah ein, dass die Suchterkrankung mein Leben lang in mir schlummern wird. Eine lebenslange Abstinenz ist für mich ein existenzielles Gesetz, um das Leben führen zu können, welches ich mir wünsche.

In den nachfolgenden Büchern werde ich Lebensereignisse betrachten, die vor und nach meiner existenziell bedrohlichen Krisenzeit geschahen. Wie bin ich dort überhaupt hineingerutscht und wie schaffte ich es wieder auf meine Lebensleiter hinauf bzw. diesem Alptraum zu entkommen? Auf diese Fragen habe ich bei weitem noch nicht alle Antworten. Ich bin mir jedoch sicher, dass diese bereits in meinem Herzen wohnen. Diese Reise wird noch ein breite Gefühlspalette, aber bestimmt auch viele Erkenntnisse offenbaren. Ich bin gespannt… *Eure Emma H.*

Zeitfracht Medien GmbH
Ferdinand-Jühlke-Straße 7
99095 Erfurt, Deutschland
produktsicherheit@kolibri360.de